W. Wattenbach

Anleitung zur Lateinischen Palaeographie

SALZWASSER
VERLAG

W. Wattenbach

Anleitung zur Lateinischen Palaeographie

Unveränderter Nachdruck der Originalausgabe von 1869.

1. Auflage 2022 | ISBN: 978-3-37501-450-6

Verlag: Salzwasser Verlag GmbH, Zeilweg 44, 60439 Frankfurt, Deutschland
Vertretungsberechtigt: E. Roepke, Zeilweg 44, 60439 Frankfurt, Deutschland
Druck: Books on Demand GmbH, In de Tarpen 42, 22848 Norderstedt, Deutschland

ANLEITUNG

ZUR

LATEINISCHEN PALAEOGRAPHIE

VON

W. WATTENBACH

PROFESSOR IN HEIDELBERG.

LEIPZIG

VERLAG VON S. HIRZEL

MDCCCLXIX.

VORWORT

Die autographirten Blätter, welche ich hier der Oeffentlichkeit übergebe, hatten ursprünglich eine solche Bestimmung nicht. Nur handschriftlich vorhanden, dienten sie zur Unterstützung meiner Vorträge über lateinische Paläographie, und waren lediglich aus dem Bedürfniss der Zeitersparung hervorgegangen. Autographirt wurden sie zuerst auf den Wunsch meiner Zuhörer im Jahre 1866, und ich würde sie schon damals dem Buchhandel übergeben haben, wenn nicht die Zeitverhältnisse es unmöglich gemacht hätten. Nur eine kleine Anzahl von Exemplaren konnte ich dem Germanischen Museum zu Nürnberg zustellen; sie war im Anfang dieses Jahres erschöpft, und da es an Nachfrage nicht fehlte, habe ich mich zu einer neuen Bearbeitung entschlossen. Deutlich genug hat es sich herausgestellt, dass ein Bedürfniss nach einem solchen Hülfsmittel vorhanden ist, und dass auch die Mangelhaftigkeit dieses Versuches nicht abschreckend wirkte. Denn eigentlich ist es nur ein Fragment, was ich hier zu bieten habe, und es fehlt noch, was ich in nicht zu langer Zeit hinzufügen zu können hoffe, die Einleitung welche das gesammte Schreibwesen des Mittelalters behandeln soll. Es fehlte ferner die historische Entwickelung der Veränderungen des ganzen Schriftcharakters, welche beim Vortrag durch Vorzeigung von Proben sich mit Leichtigkeit anschaulich machen lässt, und wenn ich auch jetzt in der Einleitung diesen Gegenstand etwas eingehender behandelt habe, so musste ich mich doch auf einen kurzen Umriss beschränken und konnte nur so viel bieten, als zum Verständniss der folgenden Blätter durchaus unentbehrlich ist. Am schmerzlichsten vermisst der Anfänger auf diesem Gebiete eine zweckmässig ausgewählte Folge von Schriftproben, deren er sich zu seinen Studien bedienen könnte, wenn auch allerdings jetzt eine grosse Fülle von Schriftproben vorhanden ist, welche man an grösseren Bibliotheken, aber auch nur da, sich mit einiger Mühe verschaffen kann. Aber die umfassenden Prachtwerke, Sickel's Monumenta Graphica, und die Paléographie universelle von Silvestre, fehlen auch den meisten Bibliotheken. Die von Pertz veranstaltete Sammlung der Schriftproben aus den Monumenta Germaniae umfasst nur einzelne Schriftgattungen, und die ersten Hefte sind vergriffen. Die von Prof. W. Müller in Göttingen, von Prof. Jaffé in Berlin besorgten Blätter sind nicht im Buchhandel, und entbehren des erklärenden Textes. Es würde sich daher derjenige, welchem die nöthigen technischen Hülfsmittel zu Gebote stehen, ein grosses Verdienst erwerben, wenn er eine Sammlung dieser Art besorgen wollte, von nicht unerschwinglichem Preise; ich bin nicht in dieser Lage, und beschränke mich daher auf einige einleitende Bemerkungen, welche nur zur nothwendigsten Orientirung dienen sollen. In Bezug auf die autographirten Blätter ist es vielleicht nicht überflüssig zu bemerken, dass es keineswegs darauf abgesehen war, die erstaunliche Mannigfaltigkeit der Schriftformen auch nur annähernd zu erschöpfen, sondern nur die wesentlichsten Formen hervorzuheben; auch kann, da alle Nachbildungen aus freier Hand gezeichnet sind, auf vollständig genaue Uebereinstimmung mit den Originalen kein Anspruch gemacht werden.

Hermannstadt in Siebenbürgen,
den 18. September 1869.

W. Wattenbach.

Die Hauptgattungen lateinischer Schrift.

I

Capitalschrift.

Die Capitalschrift, welche den Steinschriften der Augusteischen Zeit am meisten sich nähert, ist in einzelnen vollständigen Handschriften und vielen Fragmenten uns erhalten. Reiche Beiträge haben die Palimpseste geliefert. Noch haben D E M Q ihre Normalform, und nur ausnahmsweise kommen Abweichungen von der gleichen Höhe aller Buchstaben vor.

Zu dieser Schriftgattung gehört auch der einzige bis jetzt bekannt gewordene lateinische Text der Herculanensischen Papyrusrollen, ein Gedicht auf die Schlacht bei Actium, facsimilirt Volumina Hercul. II. Die Schrift ist aber, was wohl durch die Natur des Stoffes bedingt wird, viel leichter und flüchtiger als in den Pergament-Handschriften, und die Buchstaben entfernen sich weiter von ihrer regelmässigen Gestalt.

Vorzügliche Proben von Capitalschrift bietet A. Mai in seinen Auctores classici e codicibus Vaticanis I—III, und Plauti Fragmenta inedita, Mediol. 1815, wo die Argumenta in Uncialschrift geschrieben sind; ferner K. W. Müller de codicibus Virgilii im Berner Index lectionum 1841, wo an den Handschriften dieses nie aus dem Gebrauch gekommenen Dichters die Veränderung der Schrift bis ans Ende des Mittelalters verfolgt ist; Pertz über ein Fragment des Livius Sallust) in den Abhandlungen der Berliner Akademie 1847 (wiederholt in Sallustii Opera ed. Kritz III), und über die Berliner und Vaticanischen Blätter der ältesten Handschrift des Virgil, a. a. O. 1863.

Die genauere Altersbestimmung dieser Handschriften ist sehr schwer, oder geradezu unmöglich. Wie wenig der übliche Maasstab, nach der Reinheit der Schrift das Alter zu beurteilen, zutreffend ist, zeigt uns schon die Herculanensische Rolle. Man hielt die einmal entwickelte Kunstform fest, nachdem schon längst andere Gattungen gebräuchlich geworden waren, und zu gleicher Zeit werden verschiedene Producte gefertigt sein. So finden wir eine recht reine Capitalschrift noch in dem Florentiner Virgil, und würden dessen Alter vermuthlich für bedeutend höher halten, wenn nicht die in Uncialen geschriebene Unterschrift uns belehrte, dass er erst unter Odoaker geschrieben ist. Wohl dem 6. Jahrhundert gehört die Turiner Handschrift des Sedulius an (Pasini Catal. II, 244); kaum älter wird auch der Regius des Prudentius sein (Mabillon p. 354): die Schrift sieht durch starken Wechsel dünner und dicker Striche etwas geziert aus, und einige Buchstaben überragen, aber der Charakter der Schrift ist nicht wesentlich verändert.

Später behielt man diese Schriftgattung nur noch für Ueberschriften, und für die ersten Seiten von Prachthandschriften, vorzüglich in karolingischer Zeit. Nur in wenigen Handschriften dieser Art sind die Worte durch Punkte getrennt, und auch Interpunctionen kommen nur vereinzelt vor.

II

Uncialschrift.

Völlig ausgebildet bestand Jahrhunderte lang neben der Capitalschrift die zweite Kunstform der Uncialschrift, ein Wort welches durch den neueren Sprachgebrauch seine bestimmte Bedeutung erhalten hat, indem es die Schrift bezeichnet, in welcher A D E M die jüngeren abgerundeten Formen haben, und einzelne Buchstaben über und unter die Zeilen reichen. In den flüchtig geschriebenen Wandschriften von Pompeii finden sich viele Anklänge, aber noch nicht die Uncialform des M. Dagegen ist durch die Entdeckung von Waitz diese Schriftgattung vollständig ausgebildet neben gleichzeitiger Cursive nachgewiesen in seiner Schrift über das Leben und die Lehre des Ulfila, Hann. 1840. Denn der hier von ihm besprochene Codex enthält die Acten des Concils von Aquileja 381, und ist schon gegen das Jahr 390 mit Randbemerkungen versehen. Andere Codices, von welchen die Verfasser des Nouveau Traité III Proben geben, mögen noch älter sein, aber es lässt sich nicht beweisen. Dem vierten Jahrhundert schreibt auch Mommsen den Veroneser Palimpsest des Livius zu, in den Abhandlungen der Berliner Akademie von 1868, und erklärt ihn für älter als die berühmten Handschriften von Wien und Paris. Eine Schriftprobe giebt Detlefsen im Philologus XIV, 160. Vorzüglich schön geschrieben und von noch fehlerloser Orthographie ist die von Mommsen ebend. 1862 publicirte Zeitzer Ostertafel, welche bald nach 447 geschrieben sein muss. Auch die Fragmente des Merobaudes sind nach Niebuhr's Angabe sehr schön geschrieben. Ebenso die zwischen 430 und 640 geschriebenen Sermones s. Augustini aus Bobio, s. A. Mai, Nova Patrum Bibliotheca, I, 19, und das Evangeliar aus Aquileja, welches man einst als das Autograph des h. Marcus verehrte, s. Fragmentum Pragense Evangelii s. Marci vulgo autographi ed. Dobrowsky, Pragae 1778, 4. Es ist per cola et commata geschrieben. Nur erwähnen will ich Cicero de Republica und die Fragmente seiner Reden bei A. Mai, Auctores class. I. II. nebst dem Fronto, dessen Bobienser Codex eine Musterkarte verschiedener Schriftarten darbietet; das Evangelium palatinum (ed. Tischendorf 1847) auf purpurnem Pergament, und den Codex Amiatinus (ed. Tischendorf 1859) aus dem 6. Jahrhundert; die obere Uncialschrift vieler Palimpseste, den Augustin auf Papyrus und endlich eine Reihe von Handschriften, welche uns diese Schriftgattung in zunehmender Entartung bis ins 8. Jahrhundert verfolgen lässt; darunter hebe ich die Leges Langobardorum mit den schönen Schriftproben Mon. Germ.

Leg. IV hervor. Vom Jahre 754 ist das Evangeliar von Aûtun, s. Biblio-
thèque des l'école de chartes VI, 4, 217.

Besonders hervorzuheben aber sind die juristischen Handschriften,
weil sie theils von Siglen erfüllt sind, theils uns das Eindringen von Minuskel-
formen in die Uncialschrift zeigen. Die Buchstaben m s b r sind es, welche
zuerst aus der Cursive in die Bücherschrift eindringen, später und seltener n.
Zu dieser Classe gehört vorzüglich der Veroneser Palimpsest des Gaius,
s. Gai Institutiones. Codicis Veronensis apographum ad Goescheni Hollwegi
Bluhmii schedas compositum publ. Ed. Boecking, Lips. 1866.

Während diese Handschrift vermuthlich schon vor Justinian geschrieben
ist, gehören dem Ende des 6. Jahrhunderts die Florentiner Pandecten
an, in welchen einzelne Theile der Minuskel schon sehr nahe stehen; s.
Brencmanni historia pandectarum, 1722. Ueber andere Handschriften aus
diesem Jahrhundert, welche schon nicht mehr als uncial bezeichnet werden
können, s. unten § VI.

Bevor wir aber die weiteren Veränderungen der Schrift verfolgen,
müssen wir noch den Blick auf andere Schriftgattungen werfen, welche ebenfalls nicht ohne Einfluss auf die Gestaltung der Minuskel gewesen sind.

III

Tironische Noten.

Auf diese altrömische Stenographie näher einzugehen ist hier nicht der
Ort; ich begnüge mich zu bemerken, dass Carpentier sie zuerst analysirt
und erklärt hat in seinem Alphabetum Tironianum, 1747 f. worin er ein Formel-
buch aus karolingischer Zeit entzifferte; dass U. F. Kopp 1817 in seiner
Palaeographia critica das Hauptwerk darüber lieferte und zuerst das Princip
ihrer Zusammensetzung richtig erkannte und nachwies, und verweise übrigens
auf Sickel's Urkunden der Karolinger I, 326—339. Die Kenntniss dieser

Noten war noch im neunten Jahrhundert den Notaren völlig geläufig; unter Ludwig dem Deutschen jedoch verlor sich die Kenntniss derselben im Ost- frankenreiche, während sie sich im Westreiche noch etwas länger erhielt. Nur einige wenige Zeichen blieben als Abkürzungszeichen im Gebrauch, und diese sind in der Autographie p. 24 zusammengestellt.

IV

Altrömische Cursive.

Die in Pompeii flüchtig an die Wände gekritzelten Schriftzüge ent- halten zwar manche Elemente der Cursive, können aber zugleich zum Beweis dienen, dass eine ausgebildete Schrift dieser Art noch nicht bestand. Dagegen finden wir sie auf den Wachstafeln, welche in Siebenbürger Bergwerken gefunden sind, Urkunden einer armen Provinzialbevölkerung aus dem zweiten und dritten Jahrhundert unserer Zeitrechnung; s. darüber Massmann, Libellus aurarius sive tabulae ceratae et antiquissimae et unicae Romanae, 1840. 4. wo aus Inschriften die Formveränderung der einzelnen Buchstaben mit vielen Beispielen belegt ist, und über die neueren Funde Detlefsen im 23. und 27. Bande der Sitzungsberichte der Wiener Akademie. Dass diese Schriftart auch förmlich in Schulen gelehrt wurde, beweisen die an verschiedenen Orten gefundenen Backsteine mit Alphabeten und Vorschriften, s. Paur im 14. Band der Wiener Sitzungsberichte, Arneth im Jahrbuch der k. k. Central- commission zu Erforschung der Baudenkmale, Wien 1856, und Janssen, Musei Lugduno - Batavi Inscriptiones Graecae et Latinae, Lugd. Bat. 1842.

Dieser Schrift verwandt, aber eigenthümlich ausgebildet, ist die Schrift der kaiserlichen Kanzlei, aus welcher sich Fragmente des 5. Jahr- hunderts in Aegypten erhalten haben. Darüber handelt Jaffé bei Mommsen: Ueber die Fragmente zweier lateinischer Kaiserrescripte, Jahrbücher des ge- meinen deutschen Rechts, 6, 415, wo auch das Alphabet aus den Wachstafeln und den Rescripten zusammengestellt ist. Nachbildungen geben Massmann im Libellus aurarius und Champollion-Figeac, Chartes et Manuscrits sur Papyrus, Paris 1840. Die Schrift ist sehr gross, mit einem gewissen vornehmen Charakter, und die Buchstaben sind nicht unter einander verbunden.

Ziemlich stark hiervon abweichend ist die in Italien allgemein übliche Cursive, welche uns am frühesten vorliegt in den Randbemerkungen, welche der Bischof Maximinus gegen das Jahr 390 zu der vorher erwähnten Uncialschrift machte, s. Waitz a. a. O. Hieran schliesst sich eine Reihe von Urkunden auf Papyrus, welche vorzüglich aus Ravenna stammen, die älteste von 444 bei Marini, I Papiri Diplomatici, Tab. II. Ausser diesem Hauptwerk ist das früher irrig sogenannte Testament des Augustus, eine Ravennater Urkunde von 565, im Supplement zu Mabillon's Diplomatik hervorzuheben, auch bei Champollion a. a. O. Ferner Massmann: Die gothischen Unterschriften in Neapel und Arezzo, Wien 1838. Diese Schreibart hat sich in Italien, wenn auch nicht unverändert, doch in unmittelbarer Fortdauer, sehr lange erhalten, wovon Silvestre und Sickel Proben aus dem 8. und 9. Jahrhundert geben; am längsten in Unteritalien, wo endlich Friedrich II das fast unleserlich gewordene Gekritzel der Notare verbot.

Auch zu Bücherschriften wurde diese Cursive etwa vom 4. Jahrhundert an verwendet, wohl selten zu Abschriften älterer Werke, häufig aber zu Schriften, welche erst damals neu verfasst wurden, wie die Gesta Pontificum Romanorum (s. Pertz im Archiv V, 70) und grammatische Tractate. Zu den echten Proben dieser Schrift gehört aber nicht das fabelhafte sardinische Lobgedicht auf den König Ihaletus, obgleich die paläographische Fälschung weit besser als die Fabrication des absurden Inhalts gelungen ist, so dass leider Baudi di Vesme sich dadurch irreführen liess, Memorie dell' Academia di Torino, Serie II, Vol. XV. vgl. A. Dove de Sardinia insula, Berol. 1866, wo dieser für Ignoranten noch immer gefährliche Betrug hinlänglich aufgedeckt ist.

V

Die Nationalschriften.

Ueber diese Bezeichnung sind einst heftige Streitigkeiten geführt worden, welche jedoch eines eigentlichen Gegenstandes entbehren. Denn so thöricht wird wenigstens heut zu Tage niemand mehr sein, dass er diese Schriften für ursprünglich nationale Producte verschiedener Völker hält. Dagegen sind sie allerdings unter den Völkern, deren Namen sie führen, auf gemeinschaftlicher Grundlage ausgebildet worden. Diese Grundlage ist die römische Cursive, verbunden mit Elementen der Uncialschrift, und es ist deshalb nicht zu verwundern, wenn man in den verschiedenen Schriften oft der vollständigsten Uebereinstimmung in einzelnen Eigenthümlichkeiten begegnet. Auch ist deshalb eine ernstliche Beschäftigung mit der römischen Cursive, so selten sie auch für praktische Zwecke uns entgegen tritt, dringend zu empfehlen, weil dadurch allein ein sicheres und gründliches Verständniss der Nationalschriften zu gewinnen ist, und auch die gewöhnliche Minuskel noch Nachwirkungen dieser Schreibarten enthält.

Als nämlich überall nach und nach wieder geordnetere Zustände eintraten, und auch wissenschaftliche Beschäftigung mit neuem Eifer betrieben wurde, bildete man die ganz verwilderte Schrift, der unbequemen Majuskelschrift entsagend, wieder kalligraphisch aus, und so entstanden diese Spielarten, welche durch das Uebergewicht des Frankenreiches und seiner Cultur, und durch die grössere Einfachheit und Zweckmässigkeit der Minuskel immer mehr beschränkt und endlich überwältigt wurden.

a. Langobardische Schrift.

Aus der verwilderten Schrift mit phantastischen Initialen verziert (z. B. bei Mabillon p. 353) bildete sich im neunten Jahrhundert eine neue Kunstform, welche besonders in Montecasino und La Cava sehr zierlich entwickelt wurde und im elften Jahrhundert unter dem Abt Desiderius ihren

Höhepunkt erreichte, auch sehr reich mit Initialen und Bildern geschmückt wurde. Prachtvolle Nachbildungen davon findet man bei Silvestre, in Westwood's Palaeographia sacra pictoria, und ohne Farben auch bei Seroux d'Agincourt. Diese Schrift wurde nach und nach immer eckiger (Lombard brisé), oft geradezu gitterförmig und dadurch schwer zu lesen.

Aus der ältesten Zeit, in welcher diese Schrift der merowingischen noch sehr ähnlich ist, stammt der Codex des Gregorius Turon. de cursu stellarum, facs. von G. F. Haase in einem Breslauer Programm von 1853; etwa aus dem neunten Jahrhundert die sehr zierliche Bibel von La Cava, von der Silvestre eine schöne Probe giebt, eine kleine auch Pertz im Archiv V, 452. Ebenda zu p. 14 ist die Unterschrift des Abtes Desiderius; seiner Zeit gehört auch die Handschrift des Widukind (Mon. Germ. SS. III) und des Leo von Ostia (ib. VII), so wie das Registrum Johannis VIII papae, facs. bei Schafarik und Palacky, Aelteste Denkmäler der böhmischen Sprache, Abhandl. d. böhm. Ges. d. Wiss. V. Folge 1. Band.

Man nannte diese Schrift littera Beneventana, und bezeichnete wohl auch mit demselben Namen die ganz eigenthümliche Schrift der päbstlichen Bullen (s. Marini, I Papiri Diplomatici p. 226), doch ist diese eine ganz eigenthümliche Fortbildung der römischen Kanzleischrift. Johannes X nennt sie 920 (Jaffé n. 2728) scripta notaria. Diese Schrift blieb mit dem alten Material, Papyrus, bis ins 12. Jahrhundert üblich, obgleich die Gläubigen sie oft nicht lesen konnten; cf. Chron. s. Huberti c. 25, Mon. Germ. SS. VIII, 585. Schon früh aber hat man daneben auch gewöhnliche fränkische Schrift gebraucht, wie die beiden Bullen Johanns VIII von 876 (n. 2281) und 877 (n. 2335) bei Silvestre zeigen. Auch von Alexander II ist im Berliner Archiv ein Privileg vom 13. Jan. 1063 (n. 3383), in gewöhnlicher Schrift. Ebenda ist eine schön erhaltene Bulle auf Papyrus von Stephan VI (n. 2664) von 891, die im sogenannten Kopp'schen Apparat ganz facsimilirt ist. Unter Urban II und Paschalis II kommt beiderlei Schrift vor, dann verschwindet die alte Kanzleischrift und räumt den Platz einer sehr zierlichen und ungemein deutlichen Minuskel.

Gute Proben finden sich bei Marini, Champollion-Figeac, ganz vorvorzügliche, auch von der jüngeren Schrift, in reicher Auswahl in Sickel's Monumenta Graphica.

Völlig dunkel ist mir bis jetzt der Ursprung der sogenannten littera Sancti Petri, welche in einigen Elementen an die alte Schrift erinnert und seit dem 15. Jahrhundert für Breven unter dem Fischerring gebräuchlich ist; ein Beispiel vom J. 1754 giebt Chassant, Paléographie des Chartes et des Manuscrits du 11. au 17. Siècle, Pl. 9. Es ist eine hässliche, verzerrte, schwer lesbare Schrift, welcher deshalb jetzt gleich eine Abschrift beigelegt zu werden pflegt.

Während ein näheres Eingehen auf das schwierige Feld der älteren päbstlichen Diplomatik hier unmöglich ist, will ich doch den einen Umstand hier hervorheben, dass die gewöhnlich für eigenhändig gehaltenen Unterschriften der Päbste und Cardinäle nur von ihren Schreibern herrühren; sie selbst machten oder vollendeten nur das davor stehende Zeichen. Wer in einem grösseren Archive dieselbe Unterschrift durch eine Reihe von Bullen verfolgt, wird sich von der Wahrheit dieser Behauptung bald überzeugen.

b. Westgothische Schrift.

In Spanien hat die Schrift eine der langobardischen sehr ähnliche Entwickelung gewonnen, welche jedoch durch manche Eigenthümlichkeiten sich unterscheidet. Vom 9. Jahrhundert an zu wahrer kalligraphischer Schönheit ausgebildet, erscheint sie in einzelnen Handschriften auch wieder verzerrt und schwer lesbar. Ausserhalb Spaniens hat man nur selten Gelegenheit, Handschriften dieser Schriftgattung zu sehen; das Hauptwerk darüber ist Merino, Escuela paleographica, Madrid 1780 f. Daraus sind auch die Proben gewöhnlich genommen, welche man in anderen Büchern findet. Als dem römischen Primat der Sieg über die Selbständigkeit der spanischen Kirche gelungen war, wurde die littera Toletana, wie man sie nannte, 1091 auf dem Concil zu Leon verboten, doch erhielt sie sich noch einige Zeit in eingeschränktem Gebrauch, und auch in der nun aufgenommenen, aber besonders

in Urkunden eigenthümlich gestalteten fränkischen Minuskel finden sich noch
Spuren der alten Schreibart.

Westwood giebt eine schöne Probe aus einer Handschrift des Daniel
und der Offenbarung, die in 20 Jahren geschrieben und 1109 (vermuthlich
Era, also 1071) vollendet ist, mit Initialen, die aus Thieren, Fischen, Vögeln
und Blättern gebildet sind; auch maurische Bögen finden sich auf den Bildern.

c. Merowingische Schrift.

Diese Schrift ist nie zu kalligraphischer Durchbildung gelangt, weil
ihre eigenthümliche Entwickelung durch die karolingische Reform abgeschnitten
wurde. Sie begegnet uns vorzüglich in Urkunden, aus welchen sie ja auch
hervorgegangen ist; wird aber da verkünstelt und verschnörkelt, die Buchstaben sehr zusammengedrängt und deshalb oft schwer zu lesen. Auch
Bücher sind darin geschrieben, und· hier erscheint diese Schrift oft neben ent-
arteter Uncialschrift, mit ihr gemischt und wechselnd. Schöne Proben geben
Silvestre und Sickel, Champollion-Figeac in den Chartes et Manuscrits sur Papyrus, auch aus dem Avitus auf Papyrus die Études paléographiques
et historiques sur des Papyrus du sixième siècle, Genève 1866. Besonders
ausführlich behandelt, mit vielen vortrefflichen Proben, ist diese Schriftgattung
von Mabillon in seinem hierfür noch immer classischen Werke De Re Di-
plomatica, und von N. de Wailly in den Éléments de Paléographie, Paris
1838. Für die Schrift der merowingischen Urkunden ist noch vorzüglich
anzuführen: Letronne, Diplomata et Chartae Merovingicae aetatis in archivo
Franciae asservata, Paris 1848, wo alle erhaltenen Originale facsimilirt sind,
und damit das beste Hülfsmittel geboten ist, die unechten zu unterscheiden;
zunächst die von Letronne selbst ohne Unterscheidung aufgenommenen Fälschun-
gen. Schöne Nachbildungen von Urkunden des 8. Jahrhunderts giebt auch
Kopp in seinem Werk de Tachygraphia veterum: in der Kanzlei Karls des
Grossen hielt man mit geringer Veränderung an dem alten Brauche fest.
Deshalb ist auch hier schon das classische Werk Sickels über die Urkunden
der Karolinger zu erwähnen.

VI

Halbuncialschrift.

Während aus der Cursive sich neue Schriftgattungen entwickelten, hielt man doch zugleich auch an der überkommenen Uncialschrift für Bücher fest, mischte diese aber in zunehmendem Grade mit Formen, welche theils aus der Cursive stammen, theils durch Degeneration in der Uncialschrift selbst entstanden. Den Anfang dieser Bildung berührten wir schon oben bei der Uncialschrift. Schon im sechsten Jahrhundert entstanden auf diese Weise Handschriften, welche grosse Aehnlichkeit mit der späteren Minuskel haben, und die man deshalb auch als vorkarolingische Minuskel bezeichnen könnte. Ein specifischer Unterschied von der alten Bücherschrift bestand nicht, und man konnte deshalb auch ein Manuscript dieser Art als romana scriptura geschrieben bezeichnen (Bibl. de l'école des chartes III, 5, 266), ein Ausdruck mit welchem sonst die reine Uncialschrift im Gegensatz der Urkundenschrift gemeint ist, wie im Chron. Fontanellense (Mon. Germ. II, 287 - 289). So ist der 509 oder 510 geschriebene Hilarius, bei Mabillon p. 355, Nouveau Traité III, 263, Ottley VI, 9, kaum noch uncial zu nennen. Ottley war durch den antiken Charakter der Bilder in der von ihm behandelten Handschrift der Aratea (Archaeologia XXVI) so erfüllt von dem Glauben, dass hier unmöglich eine spätere Nachahmung vorliegen könne, dass er den vergeblichen Versuch machte, die Existenz karolingischer Minuskel schon in antiker Zeit nachzuweisen. Konnte nun auch dieser Versuch nicht gelingen, so verdanken wir ihm doch eine schöne Zusammenstellung von Schriftmustern und darunter namentlich von dem 517 in Verona geschriebenen Sulpicius Severus (per me Ursicinum lectorem eccl. Veron. Agapito consule), welcher die frühe Entstehung dieser alten halbuncialen Minuskel mit einem dafür so seltenen urkundlichen Datum nachweist. Dahin gehört auch der bald nach 573 geschriebene Codex Canonum Corbeiensis bei Mabillon p. 357, nebst mehreren Proben aus Veroneser Handschriften bei Sickel; auch die obere Schrift über den gothischen Fragmenten bei A. Mai, Ulphilae Specimina, wiederholt in Aschbach's Geschichte der Westgothen; in Berlin der Codex Theol. Lat. Fol. 354 von Gregor's Moralien. Bei anderen Handschriften dieser Uebergangszeit ist man wegen der richtigen Bezeichnung in Zweifel, da sie eben nicht mehr Uncial und noch nicht Minuskel sind, eine solche als bestimmt ausgeprägte Gattung überhaupt noch nicht bestand.

Durch die karolingische Reform wurde diese Schreibart verdrängt, aber noch lange finden wir ihre Ausläufer in den Handschriften der Volksrechte, welche von den damals noch schreibkundigen Notaren aus dem Laienstande geschrieben wurden, und von der Einwirkung der Schule Alkuins nicht berührt waren.

VII

Irische Schrift.

Vom sechsten Jahrhundert an war Irland das Hauptland der Kalligraphie und auch hier bildeten sich eigenthümliche Schriftgattungen aus, welche aber von den früher erwähnten Nationalschriften unterschieden werden müssen, weil sie nicht auf dem Boden der Cursive erwachsen sind. Die Bewohner der Insel hiessen damals Scotti, und deshalb hat man später auch ihre eigenthümliche Schrift Scriptura Scottica genannt. Hauptwerke darüber sind: Astle, the Origin and Progress of writing, 1783 und 1803, Westwood, Palaeographia sacra pictoria, mit ausserordentlich schönen farbigen Nachbildungen. F. Keller, Bilder und Schriftzüge in den irischen Manuscripten der schweizerischen Bibliotheken, Mittheilungen der Antiquarischen Gesellschaft in Zürich, VII, 3. 1852.

Diese Irländer haben drei scharf unterschiedene Schriftgattungen, nämlich:

1. Uncialschrift, z. B. in S. Kilian's Bibel und Columban's Missal.

2. eine grosse runde Halbuncialschrift, kalligraphisch ausgebildet, vorzüglich zu liturgischen Büchern.

3. eine kleine spitzige Schrift, welche man als cursive bezeichnen kann. Diese hielt sich länger, als die anderen Gattungen, und blieb namentlich für irische Sprache bis ins 15. Jahrhundert oder länger im Gebrauch.

Zu Ueberschriften und Anfangszeilen dienten Majuskelbuchstaben, welche in seltsamer Weise, namentlich mit eckigen Formen anstatt der Rundungen, verzerrt wurden und auf den ersten Blick ganz unkenntlich sind. Vorzüglich liebten aber die Iren den reichsten Farbenschmuck und verzierten die Initialen und ganze Seiten mit der künstlichsten Verflechtung von Spiralen und schmalen farbigen Bändern, von denen Giraldus Cambrensis sagt: „Sin autem ad perspicacius intuendum oculorum aciem invitaveris, et longe penitus ad artis arcana transpenetraveris, tam delicatas et subtiles, tam actas et arctas, tam nodosas et vinculatim colligatas, tamque recentibus adhuc coloribus illustratas notare poteris intricaturas, ut vere haec omnia angelica potius quam humana diligentia iam asseveraveris esse composita." Mindestens wurden die grossen Buchstaben mit Reihen rother Punkte umgeben; ausser diesen aber sind vorzüglich charakteristisch die mit Vorliebe überall angebrachten Schlangenköpfe und Vogelköpfe. Während nun diese Ornamente oft sehr geschmackvoll erscheinen, sind menschliche Figuren bis zur Caricatur verzerrt; am besten gerathen aber sind die Gestalten in dem Book of Kells in Dublin. welches dem h. Columbkill gehört haben soll und für das älteste gilt, so dass wir wohl eine zunehmende Entartung auf diesem Gebiete anzunehmen haben. nachdem man anfänglich die aus der römischen Welt erhaltenen Vorbilder noch leidlich nachgeahmt hatte.

Die Schottenmönche haben sich nun bekanntlich über den ganzen Continent verbreitet, und theils Bücher mitgebracht, theils neue geschrieben; daher stammt der Reichthum an solchen Schriften in der Schweiz, in Würzburg, in Frankreich und Italien, wo Luxeuil und Bobio Stiftungen irischer Mönche waren. Sie haben auf die Ornamentation fränkischer Handschriften den bedeutendsten Einfluss geübt, und auch in Urkunden begegnen wir ihren

Schriftzügen. In Fulda, wo ja Marianus Scottus gelebt hat (über seine irischen Expectorationen s. Zeuss, Grammatica Celtica I p. XXVIII n.), war diese Schrift noch im 11. Jahrhundert ganz üblich, im zwölften aber entschuldigt sich schon der Compilator der Traditionen, dass er sie nicht recht lesen könne.

VIII

Angelsächsische Schrift.

Die Angelsachsen waren Schüler der Iren, hatten aber zugleich auch andere Lehrmeister an den römischen Missionaren. Hier vereinigte sich die Einwirkung der beiden hervorragendsten Kalligraphenschulen des Abendlandes. Von den Handschriften, welche Gregor der Grosse an S. Augustin gesandt hat, ist vielleicht noch etwas übrig; die Evangelien im Corpus Christi College, Cambridge (S. Augustine's Gospels) in Uncialschrift erscheinen nach Digby Wyatt auch in Verzierung und Bildern ganz antik, und möchten wohl römische Arbeit sein, während andere Handschriften sehr ähnlich erscheinen, aber doch wieder durch die verdächtigen rothen Punkte und Schlangenköpfe irische Einwirkung verrathen, und also in England entstanden sein werden. Auch Urkunden angelsächsischer Könige sind in Uncialschrift geschrieben. In Lindisfarne, wo seit der Mitte des 7. Jahrhunderts irische Missionare thätig waren, wurde zum Andenken an Bischof Cuthbert (685 — 698) das Durham book oder S. Cuthbert's Gospels geschrieben (jetzt Cotton Nero D. IV, s. Waagen, Kunstwerke in England 1, 134 f. Westwood, Astle Pl. 14) auf Veranstaltung seines Nachfolgers Eadfrith (698—721) in Halbuncialschrift, zu welcher später eine angelsächsische Interlinearversion hinzugefügt wurde. Aethelwald, der 721 auf Eadfrith folgte, liess die kostbare Handschrift illuminiren, ganz in irischer Weise; die Gestalten sind sinnlos, die Ornamente aber ungemein reich und schön, die Farben vortrefflich. Hier ist auch

· Gold angewandt, welches den Irländern noch fehlte. Die Angelsachsen lernten von den Römern auch die Purpurfärbung des Pergaments, und waren bald hervorragende Meister in der Goldschrift, welche sie mit grosser Vorliebe anwandten. So liess im 7. Jahrhundert Wilfrid von York die Evangelien in Gold auf Purpur schreiben, welche für ein Weltwunder galten.

Auch die gewöhnliche Schrift lernten die Angelsachsen von den Iren, haben ihr jedoch einen etwas veränderten Charakter gegeben; oft aber ist die Herkunft zweifelhaft und auch der Name Scriptura Scottica umfasst beides.

Bald machten die Angelsachsen sich von der irischen Barbarei in Bildern und Initialen los, und wenn auch die angelsächsischen Umrisszeichnungen mit ihren langen Gliedmaassen und fliegenden Gewändern sehr grottesk sind, so lag doch darin der Keim zu einer eigenen, auf Naturbeobachtung begründeten Entwickelung der Kunst.

Während nun die angelsächsischen Missionare diese Schrift, vorzüglich die Minuskel, wenn wir sie so nennen dürfen, in das fränkische Reich brachten, wo sie auf die Gestaltung der neuen fränkischen Minuskel bedeutend eingewirkt hat und etwa bis ins 11. Jahrhundert an vielen Orten geschrieben wurde (die Mon. Germ. geben manche Proben davon), so wirkte dagegen bald die fränkische Schreibkunst bedeutend auf England ein, und die Schreibkünstler von Hyde Abbey oder New Minster bei Winchester im zehnten Jahrhundert schrieben in karolingischer Minuskel, wie auch ihre eigenthümliche Ornamentik fremder Herkunft ist; ihr grösstes Kunstwerk, Godemanns Meisterstück, ist das Benedictionale des Bischofs Ethelwold (963 – 984), beschrieben und mit vielen Nachbildungen herausgegeben von John Gage, Archaeologia Vol. 24.

Nach der Eroberung soll König Wilhelm I den modus scribendi Anglicus verboten und den modus Gallicus eingeführt haben, doch ist das nicht wahr: es giebt von ihm Urkunden in angelsächsischer Schrift und Münzen mit der Rune wen, s. Archaeologia 26, 256 und Pl. I. Namentlich für englische Sprache erhielt sich die einheimische Schrift, endlich jedoch blieben nur die eigenthümlichen Zeichen für th und w übrig. Im 12. Jahrhundert erscheint sie noch in voller Uebung in dem Psalter Eadwine's, der mit hohem Selbstgefühl von sich sagte:

Scriptorum princeps ego, nec obitura deinceps
Laus mea nec fama: qui sim mea littera clama.

Doch ist auch hier der lateinische Text des in drei Versionen geschriebenen Psalters in fränkischer, schon völlig ausgebildeter Minuskel geschrieben, nur die angelsächsische Uebersetzung in der Nationalschrift, welche auf diese Bestimmung eingeschränkt erscheint.

IX

Die karolingische Minuskel.

Das Capitulare von 789 verordnet sorgfältige Correctur der kirchlichen Bücher; sie sollen nur von erwachsenen Männern unter besonderer Aufsicht geschrieben werden. Zu der neu auflebenden Kritik des Textes, welche sich namentlich auch auf Herstellung der ganz verwilderten Orthographie und Interpunction richtete, trat die Pflege der Handschrift. Man ist damals für Prachtstücke zur Uncialschrift zurückgekehrt, für den gewöhnlichen Gebrauch aber wurde eine Minuskel ausgebildet, die wesentlich eine Reform der merowingischen Schrift darstellt. Sie ist zu eigenthümlich, als dass wir sie nicht auf einen bestimmten Ausgangspunkt zurückführen müssten, und dieser kann kein anderer sein, als Alkuin's berühmte Schule im Martinskloster zu Tours, welcher er von 796 bis 804 vorgestanden hat. Seine Schüler verbreiteten sich durch das ganze Frankenreich und mit ihnen diese neue Schreibart. Sie erinnert bald mehr an merowingische Schrift, bald an die Halbuncial-schrift, und nimmt nicht selten auch angelsächsische Elemente auf; nach und nach hat sich aus ihr die regelmässige gerade Minuskel entwickelt. Im Gegensatz zu dieser ist die karolingische Schrift rundlicher, noch mehr mit

cursiven Elementen und einzelnen Uncialbuchstaben gemischt; die Worttrennung ist unvollkommen; sehr charakteristisch für die ganze Erscheinung
sind vorzüglich die keulenförmig nach oben verdickten Langstriche.

Proben dieser Schrift finden sich in den ersten Bänden der Monumenta Germaniae, in W. Grimm's Altdeutschen Gesprächen, v. Karajan's
2 deutschen Sprachdenkmalen (Sitzungsberichte der Wiener Ak. 25, 324), im
Archiv der Wiener Ak. 27, Taf. 1 von Cozroh's Hand (821—848), in
F. Keller's Ausgabe des Reichenauer Nekrologes (Mittheil. der Antiq. Ges. VI)
von 850 an, und sonst an vielen Orten.

Wegen der Urkundenschrift, welche erst unter Ludwig dem Frommen
von der Reform berührt wurde, genügt es auf Sickel's schon angeführtes
Werk zu verweisen.

Neben der Arbeit für den täglichen Gebrauch war aber die Richtung
dieser Zeit auch ganz vorzüglich der Verfertigung von Prachtstücken zuge-
wandt, welche vielleicht niemals an Schönheit übertroffen sind. Purpurnes
Pergament, Gold und Silber, Capitalschrift, nach den besten alten Inschriften
sorgfältigst copirt, verschiedene Uncialformen, dazu Ornamente und Bilder
nach antiken und byzantinischen Mustern mit feinem Geschmack ausgewählt, alles
vereinigt sich, um wahrhaft staunenswerthe Kunstwerke herzustellen. Den
Höhepunkt erreichte diese Kunst unter Ludwig dem Frommen und Karl dem
Kahlen, nach welchem sie der wachsenden Noth der Zeit erlag. Eine ge-
nügende Vorstellung von ihrer Schönheit gewährt nur das grosse Prachtwerk
des Grafen Bastard: Peintures et ornemens des Manuscrits, classés dans
un ordre chronologique pour servir à l'histoire des arts du dessin depuis le
4° siècle jusqu'à la fin du 16°. Leider aber ist dieses im grössten Format
erschienene Werk unvollendet, 20 Lieferungen zu 8 Tafeln, jede 1800 francs
kostend, sind erschienen, ohne Text und ohne irgend ein System. Die späteren Lieferungen enthalten merkwürdige Proben aus merowingischen, west-
gothischen, lombardischen, südfranzösischen Manuscripten. Ausser Westwood
und Silvestre erwähne ich Arneth: Evangeliar Karls des Grossen in der
Schatzkammer, im 13. Band der Denkschriften der Wiener Akademie, mit

schönen Proben, und die ältere Abhandlung von Sanftl über das Evangeliar von S. Emmeram (Ratisb. 1786), welches für Karl den Kahlen geschrieben ist. Jorand, Grammatographie du neuvième siècle, Paris 1837, giebt Alphabete aus einer Bibel Karls des Kahlen, welche in merkwürdiger Weise den Einfluss und die Benutzung irischer Elemente zeigen.

Unter Karl dem Grossen ist die Nachahmung antiker Vorbilder durchaus überwiegend, und neben den kirchlichen Schriften verwandte man ähnlichen Fleiss auch auf profane Bücher. So ist im Vatican ein Terenz mit Bildern, welche antike Vorlagen genau wiedergeben (ed. Cocquelines Romae 1767), ein anderer mit Federzeichnungen in Paris u. s. w. Besonders merkwürdig aber sind die schon erwähnten Aratea, deren vorzüglichste Handschrift (Harl. 647, s. Ottley in Archaeologia Vol. 26) den Text in karolingischer Minuskel, die Sternbilder in täuschend antiker Weise enthält, während im Cod. Cotton. Tib. B 5 die Bilder schon verändert, in den Ornamenten irische Elemente sind, im Cod. Harl. 2506 aus dem elften Jahrhundert angelsächsische Umrisszeichnungen an die Stelle getreten sind.

Für das unerschöpflich reiche Feld der Ausschmückung der Handschriften mit Bildern und verzierten Initialen ist vorzüglich Waagen sehr thätig gewesen und hat zu weiterer Bearbeitung die Wege gewiesen. Sehr empfehlenswerth ist: The Art of Illuminating as practised in Europe from the earliest times. Illustrated by Borders, Initial letters and Alphabets, selected and chromolithographed by W. R. Tymms, with an Essay and Instructions by M. Digby Wyatt, Architect. London 1860, 4. Während die Abhandlung von Wyatt sehr lehrreich ist, gewähren die 100 Tafeln einen guten Ueberblick über die successiven Moden und Methoden der Ornamentik.

X

Das Zeitalter der ausgebildeten Minuskel.

Die fränkische Schrift hat, wie wir schon gesehen haben, immer weitere Ausbreitung gewonnen und ist endlich zur Alleinherrschaft gekommen. Ihr Entwickelungsgang besteht darin, dass bis zum zwölften Jahrhundert sie zu immer grösserer Regelmässigkeit vorschreitet. Jeder Buchstabe hat seine bestimmte Form und steht unabhängig neben dem andern; die Striche sind scharf und gerade, die Worte vollständig getrennt, Abkürzungen nur mässig angewandt, die Interpunction sorgfältig. Es ist, mit einem Wort, die Schrift, zu welcher im 15. Jahrhundert die Humanisten zurückkehrten, und welche dann auch von den Buchdruckern nachgeahmt wurde, nachdem man zuerst die allgemein übliche Mönchschrift als Vorbild der Lettern benutzt hatte. Dadurch entstand der Gegensatz der sogenannten lateinischen Schrift zur deutschen, den man vorher nicht gekannt hatte.

Natürlicher Weise vollziehen sich die Veränderungen der Schrift nicht vollkommen gleichmässig, und es lassen sich locale Verschiedenheiten unterscheiden, aber diese Abweichungen sind merkwürdig gering und der Entwickelungsgang wunderbar gleichmässig. Freilich darf man nicht mit zu grosser Zuversicht Altersbestimmungen aufstellen; es schrieb auch damals ein alter Mönch anders als ein junger Scholar. Ein sehr wichtiges Gesetz aber ist das, dass im Allgemeinen der Westen vor dem durchschnittlichen Standpunkt um ein halbes Jahrhundert voraus ist, der Osten um eben so viel zurückbleibt. Bethmann fand bei der Beschäftigung mit den Handschriften von Mont Saint Michel in der Normandie, dass man geneigt sein würde, sie um 50 Jahre zu spät anzusetzen, und eine Salzburger Handschrift, welche durch die Erwähnung des Gratian der Mitte des zwölften Jahrhunderts zugewiesen wird, trägt ganz den Charakter des elften. Auch stimmt diese Beobachtung mit den Ergebnissen der Kunstgeschichte vollkommen überein.

Beispiele der ausgebildeten Minuskel bieten in vorzüglicher Güte die

Monumenta Germaniae aus den Chroniken des Bernold, Ekkehard, Sigebert, des Annalista Saxo, Donizo u. s. w. Urkundenschrift z. B. die Origines Guelficae. In dieser Zeit ist der Unterschied zwischen Urkundenschrift und Bücherschrift sehr gering und besteht fast nur in einigen unwesentlichen Schnörkeln.

Die Initialen sind oft sehr geschmackvoll verziert, und namentlich bildet sich in S. Gallen mit Benutzung irischer Motive eine weithin wirkende Kunstschule. Für grössere Miniaturen verschwindet aber der unter Karl erneute Einfluss antiker Muster; nur hin und wieder, vorzüglich in Italien, ist byzantinischer Einfluss merklich. Sonst erscheinen rohe Umrisszeichnungen, die aber den Keim des bedeutenden Fortschritts enthalten, welcher im zwölften Jahrhundert hervortritt.

Gegen den Ausgang des zwölften Jahrhunderts beginnen an den früher gerade abgeschnittenen untern Enden der Buchstaben starke Abschnittslinien bemerklich zu werden, dann biegen sich die Striche selbst unten nach vorn in die Höhe, und geben dadurch der ganzen Schrift ein verändertes Ansehen, namentlich wird die Aehnlichkeit von n und u dadurch herbeigeführt. Man schreibt viel mehr, und deshalb auch rascher und nachlässiger, die Dinte wird schlechter. Die Bettelmönche ergiessen ihre Gelehrsamkeit in ungeheuer umfänglichen Producten, zu welchen der Prior nicht geneigt ist, das theuere Pergament zu beschaffen, und daher wird von ihnen vorzüglich der Gebrauch der Abkürzungen auf die Spitze getrieben. Uns erscheint diese Aenderung als beginnende Entartung, aber damals zog man die moderne Schrift der älteren vor, und libri de littera nova standen in Bologna höher im Preise als libri de littera antiqua. Mancherlei Varietäten bildeten sich, littera Boloniensis, Parisina, Anglicana, Lombarda, Aretina etc.

Im Laufe des vierzehnten Jahrhunderts wurde die Schrift immer eckiger gestaltet und es bildet sich die gitterartige Schrift aus, welche man gothisch oder Mönchschrift nennt. Ein schönes Beispiel davon gewährt der Liber Regalis von Westminster bei Westwood, und die Statuts de l'ordre du S. Esprit, institué à Naples en 1352 par Louis d'Anjou, ganz facsimilirt vom

Grafen Horace de Viel-Castel, Paris 1853. In den Verzierungen herr-
schen jetzt die im 13. Jahrhundert aufkommenden von abwechselnd rother
und blauer Farbe durchaus vor. Daneben beginnen die überaus reichen
Randverzierungen, bei welchen namentlich das Dornblattmuster beliebt ist,
von welchem man im 15. Jahrhundert übergeht zu der Abbildung ganzer
Pflanzen, Blumen und Früchte mit Käfern und Schmetterlingen auf Gold-
grund, wie in dem berühmten Gebetbuch der Anna von der Bretagne, jetzt im
Louvre, im Musée des Souverains, welches in einem französischen Prachtwerk
(Paris L. Curmer, 1859, gr. in-4.) vollständig reproducirt ist. Ein sehr
schönes Werk dieser Kunstschule befindet sich im Bruckenthalischen Museum in Hermannstadt, merkwürdig dadurch, dass die letzten Blätter mit Randverzierungen versehen, aber nicht mehr beschrieben sind, weil der Text fer-
tig war. Man sieht daraus, dass die verzierten Blätter für elegante Andachts-
bücher damals fabrikmässig gearbeitet wurden, um den Text nachträglich ein-
zuschreiben, worauf als dritte Stufe die Ausmalung der Initialen folgte. Allein
die Auszierung der Manuscripte fällt in dieser Zeit schon ganz der Kunstgeschichte anheim; man unterscheidet förmliche Schulen, wie die giotteske
in Italien und die französisch-niederländische der Künstler, welche für die
Söhne des Königs Johann, Karl V und seine Brüder, die unvergleichlich
schönen Prachtwerke geschaffen haben, von welchen Silvestre glänzende Proben giebt.

In der Schrift selbst gab es eine Menge verschiedener Arten, textus
quadratus und bastardus, nebst vielen Abarten, und fractura und notatura für
Urkundenschrift. Sehr interessant und lehrreich ist die ausführliche Anleitung zur Bildung der einzelnen Buchstaben in notula simplex, d. h. in gewöhnlicher Urkundenschrift, welche H. Palm im Anzeiger für Kunde der deutschen Vorzeit 1865 N. 2 und 3 mitgetheilt hat. Kunstschreiber aber such-
ten ihren Ruhm darin, die Schriftarten zu vervielfältigen und mit abenteuer-
lichen Namen zu belegen. Herumziehende Schreiblehrer, wie Johann vamme
Haghen (Cod. Berolin. Lat. f. 384) stellten Ankündigungen mit einer Fülle
verschiedener Proben aus, und Leonhard Wagner, Mönch zu S. Ulrich und

Afra in Augsburg, der 1522 starb, wurde gerühmt, dass er über 70 Schriftarten verstanden habe zu machen. Während man nun als Bücherschrift einer-
seits die eckige Mönchschrift beibehielt, daneben doch gewöhnlich eine ein-
fachere und bequemere Schrift vorzog, scheute man sich auch nicht vor der
flüchtigsten, kaum kenntlichen Cursive; die Humanisten aber restaurirten verstän-
diger Weise die reine Minuskel des zwölften Jahrhunderts.

Druck von J. B. Hirschfeld in Leipzig.

INHALTSVERZEICHNISS.

___

A.

Diese normale Form erscheint nur einzeln in Ueberschriften, besonders in der durch Alcuin künstlich hergestellten Capitalschrift, und in min. als Anfangsbuchstabe. Vol. Herc. λ λ. - Cap. λ λ λ. Wachst. Λ. Kai. Λ Λ. Unc. Λ Λ Λ Λ, im Hause schon a. Daraus entsteht Uncme. a a a a, aber auch α α α α α u. Jüngere Curs. gewöhnlich cc oder u, aber oft nach hin den Kern an andere Buchstaben angelehnt, und dadurch undeutlich, z. b. a = ta, cp = ae, h = an, wie es denn sehr häufig in solcher Weise als kleiner Haken über der Zeile erscheint. Die Nationalschriften haben meist u, α, a in vielfach wechselnder Form. Lgb. α, α, übergehend in ∞, α. Ital. w, w (Urk. X). Merow. α, α, oft ohne oder unten: ɑ = ap, h = an, m = ma, ɣ = ar. Auch in der karolingischen Schrift erhält sich u neben a und dem selteneren α, wird aber bei zunehmender Regelmäßigkeit und Geradlinigkeit der Schrift dem u zu ähnlich, mit welchem spätere Abschreiber es oft verwechselt haben. In Urkunden ist u anfangs ganz vorherrschend, noch im XII. häufig, verschwindet dann auch hier, und erhält sich nur in Abkürzungen wie q̃ = qua, c̃ = contra, p̃ = pra, oft auch eckig wie in g̃ = gra. In Buchschrift ist a von Anfang an häufiger, und u verschwindet schon im 10. Jahrhundert. Aus a wird im 13. Jahrh. a, welches im 14. Jahrh. sehr häufig ist, als α, a,

а , а , а , а , ʃ daß dieʃer Buchʃtabe für das 14. Jahrh. als charakteriʃtiʃch gilt. Es
bleibt aber einerʃeits dieʃe Form auch in der goth. Schrift des 15. während anderer-
ʃeits а , а , а mir ganz verʃchwinden, im 15. aber ʃäufiger werden.

Das polniʃche oʒ , jetzt aʒ , ein naʃaliertes a , kommt im 15. Jahrh. auch.
Ueber ae ʃ. den Buchʃt. E

B.

iʃt in Urac. nicht ʃelten ʃchöer als die übrigen Buchʃtaben, z. B. in Gaius Be Bʲ .
Schon in Pompej. Wandʃchrift kommt Ƅ vor, und dieʃe Form dringt im 6. Jahrh.
auch in die Uncialʃchrift ein : bE bci . Nach dem 7. erʃcheint B nur noch als
Majuskelform.   Oft wird es einem d ʃehr ähnlich ſ auf den Wachstafeln
d , in kaiʃ. Kanzleiʃchrift bɔ und Ƅ , oder auch Ƅ , was noch am meiſten
an die Urform erinnert. Aehnlich im 8. dƄ = bb , ƀʒ = bi , Ƅ in Urkunden.
Gewöhnliche Curʃivform iʃt Ƅ Ƅ . In Nat. Schriften anfangs noch oft mit
dem Anʃatz , der wohl ein Nachklang der verlorenen zweiten Ründung iʃt : Ƅ ,
auch Ƅ , ʃpt. Ƅ . Noch in Urkunden des 8. u. 9. Jahrh Ƅ , Ƅ und Ƅ .
Sonʃt iʃt die regelmäßige Form b , im 14. u. 15. auch ʃäufig ß , ß .
Um 1100 liebt man die Ligaturen mit e , ʃo Ƅ = be .

C.

erleidet keine bedeutende Umwandlungen , und wird es , wie alle Buchʃt.

haben, nach 1200 eckig: t, und ist dann sehr häufig von t gar nicht zu unterscheiden. In der Cursive überragt es oft die anderen Buchstaben, so auf den Wachstafeln C, Max. Co, Cu, C. Undeutlich wird es oft durch Verbindung mit anderen Buchstaben, so $\mathcal{En}$ = acri, $\mathcal{re}$ = re, und in Rav. Urkunden

$\mathcal{co}$ = co, $\mathcal{ca}$ = ca, $\mathcal{cti}$ = cti, $\mathcal{re}$ = re. Rav. $\mathcal{c}$, $\mathcal{c}$, und ähnliche Formen in den Uebergangsschriften, besonders oft $\mathcal{c}$, welches in Karol. Urkunden die regelmäßige Form ist, z. B. idcirco = idcirco, der obere Haken dient zur Verbindung mit t, z. B. in einer marginirten Urkunde.

Schrift des 10. Jahrhunderts $\mathcal{ct}$ = ct, und das bleibt auch, nachdem das einfache c den Haken verloren hat, auch in Büchschrift, z. B. ct, ct, ct, ct, dictum bei Brechung der Zeile. Im 14. u. 15. Jahrh. kommt meist nur noch vor: ct, ct, wo noch die größere Höhe des t an die alte Form erinnert.

D

ist in Herc. länglich gezogen: D, D, in Pomp. $\mathcal{d}$, ferner $\mathcal{d}$, $\mathcal{d}$, $\mathcal{d}$, auch $\mathcal{d}$, $\mathcal{d}$ von im ostgoth. Alphabet. Mit dem 5. Jahrh. dringt aus der Cursive auch $\mathcal{d}$ ein; Gaius hat $\mathcal{d}$ und $\mathcal{d}$. Wachst. $\mathcal{d}$, Kaiserl. $\mathcal{d}$, $\mathcal{d}$, Max.d, $\mathcal{d}$ Rav. $\mathcal{d}$. Merow. $\mathcal{d}$, $\mathcal{d}$, in Verbindung $\mathcal{ed}$ = ed. Ähnlich ags. d unten $\mathcal{d}$

und d. Westg. u. Lgb. d und ð neben einander. Meroven. und Karol. ist die
form mit geradem Seitenstrich häufiger; in einzelnen Handschriften, z. B. bei
Hinkmar von Merseburg, ist ð häufig, kommt vom 12. an überall vor, z.
B. auch dð, ðd (nob), und vom 14. an fast ausschließlich, nur modificirt nach
dem Charakter der übrigen Schrift, theils eckig ð, theils in flüssig rundlicher Schrift d, ð, ẟ. Sehr häufig wird gegen das 12. Jahrh. zu ð und
in demselben ð = de, später ð, ẟ, auch ð = da.
Ags. auch alt niedersächsisch, ist đ, ð, ẟ, Đ = dh.

E.

Cap. E, oft mit sehr kurzen Querstrichen E. Merov. E und E. Unc. E, E,
E. E, auch schon sehr früh E. Die Wachstafeln haben die merkwürdige, auch
aus Inschriften bekannte form II. Kaj. Ɛ, Ɛ. Max: Ĕ, meistens an
andern Buchstaben angelehnt: ᵒᶰ = em, ᴇ = et, cᴇ = ee, ᴇɞ = es. Rav. ℮
häufiger Ɛ, immer überragend, und in der Regel mit andern Buchstaben verbunden, z. B. cᴇ = ee, ƒℰɞ = res. uꝺꝼℰ = vetere.
In anderer Cursivschrift kann es auch ganz klein werden: ꝟ = er, m =
em... In den Nationalschriften ist die Grundform E, E, E, aber oft sehr
entstellt durch Anlehnung. Die häufige Abkürzung ℮ꝑ für eius im Cod. Leonis
Ost. (Lgb.) hat der deutsche Abschreiber saec. XI irrthümlich qui gelesen.

Karol. ᴄ mit der sogenannten Zunge, welche nach und nach verschwindet; später ᴄ, zuweilen ganz rein c : ᴄ, ᴄ, c, c, neben den deutlicheren Formen ᴄ, ᴄ, c. Im 16. kommt die Form Ꝺ auf, die leicht mit ꝛ zu vermechseln ist, und den Übergang zu unserm ꝛ bildet. Einzelne Cursivformen finden sich auch noch in der Minuskel, besonders in Buchstabenverbindungen, bis ins 10. Jahrhundert, p ꝼ = ecc, ꝼꝼ = or. ꝺꝼ = ot, in allerlei wandelbaren Gestalten, kommt noch im 12. Jahrh. häufig vor, auch mitten im Wort, wie praᴄlor. Im 13. verschwindet es, und wird als Conjunction durch ꝛ verdrängt.

Schon im Uncialcodex des Cicero de Leg. findet sich Ꙃ für AE, und etwas später ꝫ, ꝫ, ꝫ, ꝫ, eine noch leicht kenntliche Ligatur. In Min. ꝫ, ꝫ, manchmal auch ꝫ, sogar ꝫ und ꝓ für quae. Daneben etwa im 9.—12. auch Ꙃ. Sehr häufig ist schon früh das einfache e anstatt des Diphthongs; gegen Ende XII. verschwinden ae und oe völlig; etwas später auch Ꙃ, welche sich jedoch für deutsche Sprache erhält. ꝫ verschwindet ebenfalls, in Italien schon im XII. in Deutschland im XIII. wenn es auch vereinzelt noch später vorkommt. Schon früher verliert sich schon das Bewußtsein seiner Bedeutung, und man findet es gerade da, wo kein Diphthong stehen sollte, z. B. ꝫꝫ für ecce. Mit der humanistischen Kritik und der wiederkehrenden Kenntniß des Alterthums kommt dann auch ꝫ und endlich der volle Diphthong wieder zum Vorschein.

Ueber ꝟ und ꝺ s, p ꝫ und ꝶ.

F.

Hoc. F. F. f. f. Cap. F. F. F, oft von E gar nicht zu unterscheiden; und wohl das: halb häufig mit halber Höhe überragend: Il = fi. Im halbuncial dagegen sinkt es unter die Zeile, was in der Uncialschrift schon das gewöhnlichere ist: F. F. F. F. F. F. F. P. F. f. f. Nachot. F und P. Max. fi = fi, K = fe. In der kaiserlichen

Kanzleischrift **f**, in den Urkunden fl, fl. Age. p. p f.

Sonst ist f die Grundform der Nationalschriften, verbindet sich aber mit i zu fl, fl, mit a zu fle, mit a zu flE, mit l zu fl etc. Diese Formen gehen auch in die karol. Büchersschrift über, aber die Ligaturen verschwinden nach und nach. Bei der Ausbildung der geraden Minuskel stellt sich F auf die Zeile, bringt sich fast th unten nach vorn E, E, wird mit der ganzen Schrift schräg und in gothischer Mönchschrift oben geschlossen t. In enger oder flüchtiger Schrift sinkt es wieder unter die Zeile: f, was in Urkundenschrift immer die Regel bleibt.

G.

Hoc. C. C. Cap. C. G, G, auch G. Unc. G, G, C, C, auch Z. Auf den Wachstafeln G, kais. G. Max. G, wo man am deutlichsten sieht, wie der Buchstabe sich in zwei Elemente aufgelöst hat, deren verschiedene Verbindung die abweichenden Formen hervorbringt. Im halbuncial sec. VI:

ʒ . ẓ . ʒ . auch ʒ. ʒ. ʒ. Rav. ʒ , ʒ , ʒ , doch steht es niemals

allein, sondern mit andern Buchstaben verknüpft, z. L. ✶ = gezt.

Schon mer. H. kommt auch ꝣ vor. Ags. ʒ. ʒ. ʒ. Dergleichen formen sind

später irrthümlich für z gehalten, z. L. in unzeld, s. Archaeologia XII, 33.

Sie kommen auch in karol. Schrift bis ins 10. Jahrh. vor.

Westgoth. G und ʒ . Lgb.ʒ. ʒ. ʒ. ʒ̃. später ʒ̃ .   Merow. ʒ̃. ʒ̃ .

ʒ̃ . Die Veränderungen in der Minuskel sind wenig bedeutend . ʒ̃ . ʒ̃ .

ʒ . ʒ . ʒ . ʒ . ʒ .

H.

Schon Herc. halten ganz vollständig, sondern H . H . h . Cap. H , aber häufig

auch K . K , täuschend wie k. Front. Vat. N , Sall. H . Schon im Fragm. Livii

(Sall.) ed. Lersch : h , und diese form ist in Unc. regelmässig, und zwar überragend.

ꟸO . h . h . h . Wacht. ꞇ . Rav. ꞃ , ꞃ , ꞃ . In der kais. Canzlei.

schrift ꞗ , und in Verbindung   ꞗꞇ = hoc .

In der Minuskel ist es manchmal unten fest oder ganz geschlossen : b , und

kann mit b zu vermechseln. Gegen Ende XII. fängt man an, den Schrägstrich

zu verlängern : ꞈ, später ꞈ, endlich ꞈ, ꞈ, ꞈ.

Auffallend ist im 8. bis 13. Jahrh. das häufig vorkommende ⸓ , ⸓ , wohl ohne

Zweifel der griechische spiritus asper, doch auch über c : c̆ . Vgl. darüber Wacley in Hickes Thes. I, 156, wo eine angelsächsische Regel von Brihtferth aus dem 10. Jahrh. angeführt ist, wonach ein ausgelassenes h mit ˒ nachzutragen, ein überflüssiges mit ˒ getilgt werden soll.

I.

Schon here. ist es zuweilen länger als die übrigen Buchstaben; gleich in der Cursive und den Nationalschriften, auch einzeln in der Minuskel bis ins XI: ln = in. Andererseits wird es, daher die Zeile verlängert, höchst. |, Ra̋s. | oder l; in Unc. besonders nach l: lh = ili. Lz = li. In der Minuskel kommt das häufig am Ende der Wörter vor, und bei ü, vorzüglich wenn es Zahlen sind: ij; von XIV. an regelmäßig ij. ij. ferner hängt es sich in der Cursive und den daraus hervorgegangenen Schriften gern an andere Buchstaben an, z. B. Gci, Ɛ = ei (wovon .|. ß = fi, Ꝑ = gi, h = hi, l = li, ʒ = ai, rj, ß = re, ß = si, rj und q = ti. Solche, in den Nationalschriften und teilweise später häufige Formen man erscheinen in der Minuskel noch im 11. Jahrhundert.

Im 11. Jahrhundert fing man an, zusammentreffende istriche und Accenten zu bezeichnen, um Verwechslungen vorzubeugen: ij, ij, ui, ui. Schon im XI. findet man das Strichlein zuweilen auch über dem einzelnen i. Daneben kommen aber immer auch noch i ohne Bezeichnung häufig vor. Nicht selten sind in älteren Handschriften dergleichen Striche später nachgetragen. Puncte über dem i finden sich wohl kaum vor 1350.

In einigen Handschriften von Ende XV ist i am Anfang der Wörter häufig verlängert: jm, quidoi, gab, der Ansatz zur späteren j, doch noch ohne Beziehung auf die Aussprache.

K.

kommt in den ältesten Handschriften selten vor. Fragm. Vat. K. Gaius K. Halbun-
cial (VII) KAL. Werg. K. Agg. K. Cyp K, k, welche Abschreiber und Herausgeber k gelesen haben. Min. K, k, k, K, k, K, k, gewöhnlich überragend, doch nicht immer; auch k. Im 12. findet sich die obere Rundung auch geschlossen: K. k, was bald zur Regel wird, K, R, k, k, in Urkunden auch l, k, k, k.

L.

Der Querstrich ist schon in Cap. häufig sehr kurz, der senkrechte höher als die übrigen Buchstaben, z. b. l = cl. Unc. l, l, auch l, l, l, immer überragend.

Wachs. L, Kais.

Rav. l. Min. ohne herausliebende
Veränderungen l, l, l, l.

M.

Herc. M, M, M. Cap. M, M, M, M. Unc. M, M, M, neben ∞, ∞,
CX. Halbunc. schon 509: M, und so im Cod. Hilarii (509) m, im Gargilius Martialis

(1) ꝣ und ꟽ, in dem flor. Pand. ꟽ, aber im Gaius ꝏ. Italiener neben ꝏ und ꟽ auch ꝗ, ꝗ, ꝏ, ꝏ. Wachter ꟽ. Kais. ℋ, ℋ. Max. m. Rav. und so fortan mit geringen Abänderungen; z. B. irish ꟽ, lgb. ꟿ. Die Uncial-form ꝏ erscheint, wie andere Uncialformen, in Urkunden häufig, in Bücherschrift seltener, in der Min. bis ins 12. Jahrhundert, besonders am Ende der Wörter. Vom 14. an bedeutet z am Ende der Wörter häufig m, was wohl nur Mißbrauch eines allgemeinen Abkürzungszeichens ist, z. B. aꝫ = am. cōꝫ = -cionem. naꝫ = nam, auch namque (wo z das qp = que vertritt), nāꝫ = naturam, q̄neꝫ = com-munem, q̈ꝫ = quam.

N.

Herc. N, N, N . Cap. und Unc. N, N, ꠸ , auch die Ligaturen N = ꟾ, N = nt Wachter ꟾ. Kais. ℋ, ℋ . Max. ꟽ und N. Im 6. Jahrh. dringt ꟽ in die Bücherschrift ein, doch bedeutet langsamer als m, und N kommt noch immer dauernder vor, einzeln bis ins 12, z. B. (saec. XI.) ꟼꞰꞡ, (1101) ꝩꟾꞡꞁ. Carolingisch ist ꟾ neben n noch sehr häufig. Später bleibt es vorzüglich am Ende der Wörter, und in den Ligaturen N, N = ꟾ, und seltener N, N = nt. Im 13. fängt man an, das n dem u so ähnlich zu machen, daß sie oft gar nicht zu unterscheiden sind, weshalb endlich n ein Abzeichen erhält. Die Uncialformen von N und H wurden allmählich ganz mit einander vertauscht. Schon in der alten Uncialschrift findet sich N, N, und im 11. z. B. ꟼꞡ, im 12. ꟾꞡ = Nil; in Urkunden des 13.

H

Hoc-Notam. für H dagegen kommt vor H und sogar N, für N auch N, N. Diese Majuskelformen sind übrigens sehr der Willkür überlassen worden, und lassen sich oft schwer oder gar nicht mit Sicherheit bestimmen.

O.

in den Machttafeln d. In andrer Überschrift mit den übrigen Buchstaben verbände,

und in der kais. zugleich viel kleiner als diese: = hoc.

In späterer römischer und merovingischer op = op, p̄ = q, or = or, om = om, ȣ, ȣ. Rav. con = con, auch d wie in den Machttafeln.

m MNICU = me ea omnia. Die merovingischen formen ȣ, r, 6, d hielten sich in Urkunden noch lange, in Bücherschrift dagegen kommen sie nur noch ganz einzeln im 9. Jahrh., und ich habe sie nur in Verbindung mit r bemerkt, z. B. tor = tor, ro, ro. Der Codex Ademari Cabanensis, saec. XI. im südlichen Frankreich geschrieben, hat unter manchen andern alterthümlichen formen auch ro für ro.

In Deutschland fing man etwa im 11. Jahrh. an, den Diphthong ou in figuren zusammen darzustellen durch ȣ, ȣ, ȣ. Das wurde besonders häufig im 12. und 13.

und hört dann auf, so daß spätere Abschreiber das ihnen unbekannte Zeichen für Ϸ hielten und durch th wiedergaben. Daher kommt der nicht selten, aber immer falsche, Name Dedalricus statt Ôdalricus.

Ø für œ, in nordischen Sprachen gebräuchlich, findet sich schon Mitte 14. auch in niederdeutschen Schriften.

P.

Merc. P. P. Ṗ. P. Cap. P. Unc. P. P. P. P. ᴘ. ᴘ. ᴘ. Nach dem 5. wird kaum noch ein auf der Zeile stehendes P vorkommen. Luchst. C, in der kaif. Lurſion

ℓ, ℓ, ℓ. Max. p, ᴘ, ᴘ. ᴘ. Rav. ᴘ, ᴘ, in Verbindung ∠ ᴘ = ep. Auffälig in den Nationalschriften, z. E. ᵭh. ᴘ. ᴘ = ep. ᴘ = q. (Marſ. Urk. 725). Merov. ᴘ. ᴘ. ᴄ̢ = ep. ᴄ̧ = ap. Zuletzt dringt überall die einfache Form p durch, bis aus p unser p wird.

Q.

Merc. ℚ. Cap. Q. ℚ, Q. ℚ. Unc. ſicher ſchon im 4. Jahrh. q. q. q. q. Wachst. ℘, ℘, kaiſ. ⌡, und für qu: ⌡, ⌡̃. Rav. ℘. ℘. ℘.

Merov. q. q. q. q̃ᵘᵉᵐ = quam. In der Minuskel macht q nur die allgemeinen Veränderungen im habitus der Schrift mit.

R.

Hier R, R, R, und ähnlich auch Cap. müuc. zuweilen auch ᚱ. In Unc. links so häufig unter die Zeile: R, R, R, R, R, und in der vorzüglichen kalligraphischen Art Gaius: Ρ, Ρ, Ρ, ρ; Pand. ρ; Cod. Hilarii von 510: ᚱ, ᚱ, ᚱ. Nachlss. Τ, Kaiserh. Τ, Τ, auf den Zingeln ᚱ, dem a jener alten Cursive sehr ähnlich. Max. ᚱ. Rav. Υ, und in Verbindung ᚱ = ri, ᚱ = arg, ᚱ = ero. Ags. ρ, ρ, ρ, ρ = eri. Aber in Halbuncialschrift von 509 und 517: ᚱ, ᚱ, ᚱ, ᚱ, und das nachsprechend irisch ᚱ über ᚱ, am Ende ᚱ (darnach ᚱ = r kaum zu unterscheiden). Werdz. ᚱ, ᚱ, ᚱ, ᚱ, ᚱ = re, ᚱ = ri. Ähnlich Sghl. ᚱ, ᚱ, ᚱ = ri, ᚱ = nostri, ᚱ, ᚱ = er, ᚱ = re, ᚱ = n, ᚱ = ora. Merow. ᚱ, ᚱ, ᚱ, ᚱ = ra, ᚱ = n, ᚱ = erat, ᚱ = ar, ᚱ = re, ᚱ = ri. In der beginnenden Minuskel finden sich manche dieser Formen, und mehr noch in Urkunden, besonders ᚱ für ri, und noch häufiger ᚱ, ᚱ, ᚱ = rt. Die regelmäßige Form ist ᚱ, doch geht es auch oft unter die Zeile, theils in einzeln noch vorkommenden Cursivformen, wie ᚱ, ᚱ = erot, theils in der ausgebildeten festen Minuskel als ᚱ, bis ins 12. Jhrh. Im 12. findet sich auch häufig ᚱ u. ᚱ, besonders am Ende der Wörter. Im 13. biegt es sich unten nach vorn: ᚱ, später ᚱ, ᚱ, ᚱ, mit v zu vermischeln, und daraus ᚱ, ᚱ, ᚱ, ganz dem e ähnlich, auch ᚱ, ᚱ. — Auch die Uncialform ᚱ kommt immer noch mitten in der Minuskel einzeln vor, besonders am Ende der Wörter; am häufigsten in Ligatur mit o:

œ, später auch œ, œ. Daraus die Abkürzung der Endung orum: œ, œ, œp. Dieses z kann sich auch an andere Buchstaben anlehnen: ... = arum, ... = orr, und vereinigt sich im 14 als ganz selbständiger Buchstabe: z, z, z, z, z, der nun sehr häufig für r gesetzt wird.

S.

Herc. S. Cap. S. Wachst. f. Gainz: ſ, ſ, neben S, formen die sich schon früher in Inschriften finden. Flor. Stand (I. Theil): ſ, ſ; in andern Handschriften ſ, ſ. Zahlzeichen: ſ, ſ, ſ, ſ, von B = 6, gew. S. Max. ſ, ſ. Rav. ſ, ſ; ... = us, ... = sti, ... = si, ... = ss. In der kaiserlichen Kanzleischrift:

ſ , ſ , ſ Schluß ſ und ſ (Urk. I), ſ neben S (Pasch. I) Mail. Urk. 4 VII: ſ, ... = sm, ... = se, ... = use. Ags. ſ und ſ, ſ. Westg. ſ, ſ, ... = ust. Am Ende auch: ... = tes. Lgb. ſ, ſ, ... = st. Merov. ſ, ſ, ſ, ſ, ſ. Karol. ſ, ſ, welches oft auch über die Zeile reicht. In der spät ausgebildeten Minuskel des 12. Jahrh. S, welches sich später unten krümmt: ſ, ſ, auch eckig wird: ſ, und in der flüchtigen Schrift des 14. 15. reicht es wieder unter die Zeile: ſ, ſ, ſ. Die Verbindung mit t bleibt immer in Gebrauch: ſt, ſt, ſt, ſt, ſt, und ist in Abschriften aus Handschriften des 8—11. Jahrh. häufig statt des nicht mehr gekannten TE (TE) gesetzt, z. L. in figuramen haot, statt hart.

Schon Cap. hat die Ligaturen ES, US = us, NS = ns. Diese bleiben auch in halbune. S, u. min. S, S, acc. IX. Vom 10. an findet sich S allein hin und wieder am ende, zuerst so: uS, 1S, einzeln auch an andere Stellen, so So, aber selten. Noch im 11. und Anf. 12. je S nicht häufig, nur z. L. dS · des, was sonst S' heisst, öfter übergeschrieben, vorzüglich am ende: a, e, i, o, u, s. Das kommt in einigen Handschriften sehr viel vor. Vom 12. an wird S immer häufiger, an allen Stellen; es wird mit der übrigen Schrift eckig: S, und verändert seine Gestalt in mannigfacher Weise: S, S, S, S, S, S, S, S, S, S. In einer schlesischen Urkunde von 1317 fand ich für s am Anfang der Wörter und am ende 3 und z; daneben für z: z. — Bemerkenswerth ist in deutscher Sprache für ß: ß, ß, ß, Wasser (1317). Unterschieden wird davon die Abkürzung ß, ß, gew. = ser, doch auch ß = secundum.

T.

Hær. T, T. Cap. T, T, auch T, und I, I. Unc. unter T, T : T, T, T, T, T, T, T; im Turiner Cod. Lactantii (Sasini I, 269) T, und diese form taucht im 13. wieder auf, z. B. im Siegel Otto's IV. halbune. T, T, T. Wachst. T. Max. s, c.

Kais. T = t, TT = tra. Rav. T, Ts = tu; T = ti, TT = ati, TT = tos, TT = atu, TT = ati, TT = tr.

[…] = orti, […] = tr, […] = tate, […] = supra-
scripto, […] = gestis, […] =
est testis, […] = etc. Hier zeigen sich schon die Grundzüge aller Formen der Nationalschriften, und namentlich auch der Uebergang zu der auffallenden Form ꝛ. Westg. ct, ct; […] = to, […] = ten, […] = tr, […] = te, […] = ter. Am Ende ꞇ: […] = it, […] = nt, […] = at, […] = tent. Lgb. τ, ct, ct (wofür der Abschreiber des Chron. Casin. it oder at setzte); […], […] = ti, […] = tu; am Ende […], nt. bei Urk. […], […] = ti, […] = tt, […] = et. Papst. […] τ und ъ. Merow. ct, […] = ti, […] = eti, […] = tet etc. […] = nt. Die Form ъ findet sich auch in den Mail. Urkunden von VIII. IX. bei Fickel; auch (846) […].
Ags. τ, τ, und ähnlich in Min. wo es nach und nach gradliniger wird, zu t, nicht selten τ geschrieben, und dann mit r zu verwechseln. Vom 13. an ist oft t, t, von c gar nicht zu unterscheiden. Ueber ct, rt, st s. bei c, r, s.
Das nt (nt) am Ende kommt im 9. noch oft vor, und verliert sich später; es erhält sich aber diese Form des t in et: &, […], […], welches auch in der Mitte der Wörter gebraucht, im 13. aber durch ⁊ verdrängt wird.
Die Uncialformen N̄T (nt) und […] sind häufig bis ins 10. Noch 1106 fand ich […] am Ende.

Bemerkenswerth ist im Ags. der Gebrauch der Rune þorn für th: þ, ƿ, später in y übergehend, und in alten Drucken von y nicht unterschieden, vorzüglich in yͤ = the.

V.

Herc. V, V, U, Y. Cap. V, U, Y, V. Unc. U, U, Y. Wacht. U und Y. Kais ᷎. Mer. α, u. Zaltuse. U, u, U, α. In Urkunden des 6. auch v, Merk. Urk. n. 846: EV = eius. Lgb. sec. X. q̃ = quam. Wbg. q̃ = quo, q̃ = tur. Auch Ags. ẽV = ter. Lgb. kommt v auch sonst neben u vor. Eine andere form des übergeschriebenen u ist in einer Mailänder Urkunde von 725: EV̓ = atiͣ, was sich im Merov. wiederfindet: EV = tus, ꝛm = rum, ꝯV = etur, m̃ = men, b̃ = bus, und auch auf der Zeile, neben U, Y ᷎. Minn u, und daneben v nur in Unterschriften als Majuskel, und am Anfang von Sätzen und Eigennamen, auch als Zahl. Im 10. er. scheint v auch sonst, doch meistens am Anfang der Wörter, dann aber ganz ohne Unterschied an allen Stellen, z. L. [no.] Rorza - Rune. Später wird es in der Mitte der Wörter wieder seltener. Im 14. 15. v, v, v, v, auch B, von b oft nicht oder kaum zu unterscheiden. für den Diphthong in deutschen Eigennamen kommt uu vor, später uo und ou, wofür im 11. ú und 8, ỏ, ꝸ, ꝟ gebräuchlich wurden, im 14. auch ú, ú, sehr häufig in deutscher Sprache, nebst anderen Diphthongen. Da u und n oft sehr ähnlich werden, findet sich schon vor als vereinzelt Ausnahme úú (Mon. Graph. B, 11), im 15. häufig ú, ú, zur Unterscheidung, auch schon früher ú, wo es nicht Dehnungszeichen ist, doch wird durch Bezeichnung des u mit consonant durchgehends. Sigla: invenire = invenire, divisione - divisione.

W.

kommt in alten Handschriften nicht vor, und wird erst durch den deutschen Laut nöthig, weshalb man anfangs durch uu wiedergibt. Die Angelsachsen brauchen vom 8. Jahrh. an die Rune wen: P, den P sehr ähnlich, wie es denn auch auf den Münzen Wilhelm I und II (Archaeologia 26 pl. 1) ganz die Gestalt des P hat. Es erscheint auch in der altfränkischen Untersuchung der lex salica saec. IX, h: ꝥ, ꝥ, vinet, und im ... parte. Als Majuskel findet sich Vu, VV, lgb. Vu; im Berliner Cod. Theol. Lat. fol. 58 saec. IX. in Cap. schon VV. Im 11. kommt w auf, doch bleibt auch daneben uu noch lange im Gebrauch. W., ∞, W, w, ꝩ, so die verloren auch uv und vu, und werden von ü bezeichnet Löwös (1107, Mon. Graph. II, 11), im 15. ͮ = uv. In deutscher Sprache eigenthümlich vrt = ivde, 1363, Mon. Graph. IV, 15. Sehr häufig steht w für einfaches u.

X.

Herr. X. Cap. X X, X, X. Uns. auch schon häufig X. Nacht. X, Kais. ✝, ✝. Rav. X. Ags. X, axi = axi, X, ꝼ = ex. Wertg. X, X, ꝗ = es. Lgb. X, X. Merow. und Min. X, X, X, ohne Unterschied unter einander. In einer baierischen Handschrift etwa saec. XI. häufig wiederholt. ꝗ (letzte Blatt von Cassiodori Institt. div.) für ex kommt ꝗ, ꝗ, ꝗ, bis ins 10. vor. Aus X wird im 13.

ρ, und daraus ρ. ℗, daneben aber auch ℞, ℟, ℣.

Y.

Cap. ii. Unc. Υ, Υ, Υ, Υ, Υ, auch überragend ℺ (Cod. Juvenalis bei Mai, Auctt. class. III). Rav. (a. 564) V ebenfalls überragend. So auch späterhin. Y, alt = typ. Sonst gehört es immer zu den niedrigen Buchstaben, nicht aber gewöhnlich unter die Zeile, und ist bald mit einem Punkte versehen, bald nicht: V, ỿ, Υ, ÿ, ỹ, ỿ, ỵ, ỿ, ỹ, ỿ. Nach dem 10. Jahrh. wird es nicht leicht mehr auf der Zeile stehend vorkommen. Aus ỿ wird nach dem 12: ỿ, ỿ, ỿ, ỿ, ỿ, doch bleibt auch im 15. daneben ỿ.

Z.

Schon im Cod. des Fronto: ℨ. Sonst sind ältere Beispiele selten zu finden. Uncialis ℨ, ℨ, ℨ. Min. z, ℨ, Ζ, ℨ; daneben aber schon im 10: ℨ, ℨ, ℨ, im 12. häufig ℥, ℥, ℥, auch ℨ. Spätere Abschreiber kannten das nicht mehr und ließen h, was immer beweist, daß sie eine Vorlage aus dem 11—13. Jahrh. hatten; s. Vita Gebeh. Const. Mon. Germ. SS. X, 582 u. Tab. I. Jaffé Bibl. V, 470 Verhaltniß für Kras. Die Form ℨ, ℨ, ℨ, ℨ ward später die gewöhnliche, weil die noch vorkommende z zu leicht mit z = r verwechselt werden konnte. In Italien u. s. Frankreich fand sich seit dem 12. häufig ℥, ℥, ℥, ℥, in einer fälschischen Urkunde von 1292 fand ich ç, ç. Daraus ist das französische ç entstanden, welches sich vom z abgezweigt hat.

In der östlichen Griechkunden, wo man sie vielfach durch 2 auszudrücken pflegte, ist es häufig: q. q̃. q̃ u. s. w.

Abkürzungen.

In den meisten Majuskel-Handschriften kommen keine Abkürzungen vor, ausgenommen am Ende der Zeilen, wo der Raum nicht ausreichte, ein ¯ für M, z. B. R$\overline{u}$ = rum, u$\overline{\ }$ = um, und Q. Q̃ für que und qui. Dazu kommen in Handschriften kirchlichen Inhalts $\overline{DS}$ = deus, $\overline{DNS}$ = dominus, $\overline{IRLM}$ = Ierusalem, $\overline{EPS}$ = episcopus, $\overline{SCS}$ = sanctus, $\overline{PRB}$ = presbyter, und einige andere, $\overline{IHC}$ $\overline{XPC}$ = Iesus Christus mit Beibehaltung der griechischen Buchstaben, wofür man später auch in Min. ihs oder ihc xpc sehen. Man findet auffallender Weise auch nicht nur epc = episcopus, sondern auch sps = spiritus, tpc = tempus. Voll von Abkürzungen sind die juristischen Handschriften; darüber s. Mommsen's Ausgabe der Fragmenta Vaticana in den Abhandlungen der Berliner Akademie 1859, und Notarum Laterculi ed. Th. Mommsen im 3. Bande des Corpus Grammaticorum Latinorum. Das ältere System war, den Anfangsbuchstaben allein, oder die ersten 2, 3 Buchstaben zu setzen, zuweilen mit Auslassung eines Vocals; das jüngere, die flexion zu bezeichnen, z. B. BR = bonorum; und die Anfangsbuchstaben der Silben zu setzen, z. B. H$\overline{R}$. = heres, A$\overline{T}$ = autem,

E.g. = ergo, lc = licet, tm̄ = tamen. Von diesen Abkürzungen erhielten sich einige in der späteren Zeit, die Mehrzahl nicht. Sie sind viel willkürlicher als die früheren, und so bedräuen auch in nicht juristischen Handschriften bis ins 9. Jahrh. Durchstrich oder ein Punkt am Ende ganz allgemein irgend eine Abkürzung, welche man aus dem Zusammenhang errathen muß, unterstützt durch die Beobachtung der Eigenthümlichkeit einer jeden einzelnen Handschrift. Ueber die Abkürzungen in der Uebergangsschrift der karolingischen Diplome s. Sickel, Die Urkunden der Karolinger I, 305–312. Im 9. Jahrh. bildete sich ein neues festes System aus, so daß nur selten zwischen mehreren Bedeutungen die Wahl bleibt. Nach dem 13. Jahrh. werden die Abkürzungen immer zahlreicher, und auch gewaltsamer, weniger jedoch in Abschriften älterer Werke, als in technischen Schriften von scholastischem, theologischem, juristischem etc. Inhalt; am wenigsten in deutscher Sprache. Das beste Hülfsmittel ist Walther's Lexicon diplomaticum; weniger ausreichend und zuverlässig, aber doch zum Handgebrauch nützlich, Chassant: Dictionnaire des abréviations latines et françaises. Dringend zu warnen ist vor dem willkürlichen Rathen, welches bei vielen Herausgebern so beliebt ist; dagegen kann man sich mit einigem Nachdenken, Beachtung des Sprachgebrauches, und Kenntniß der Hauptregeln, in den meisten Fällen selbst helfen. Dazu sollen die folgenden Bemerkungen einige Anleitung geben.

22.

1. <u>Allgemeine Abkürzungzeichen.</u>

— ist das allgemeinste Zeichen, bezeichnet jedoch am häufigsten ein ausgefallenes m oder n. In Urkunden hat es sehr oft die Form, oder ist sogar auch verschiedener Weise verschnörkelt. Auch das ˜ in Reg. Kar. 8 Sikel, z. L. ꝑ f. ipse, ist nur eine andere Variation des allgemeinen Abkürzungzeichens, welche schon früh verkannt und missverstanden wurde (s. Sikel 1, 130 n. 6), weil es nicht mehr üblich war, ein e am deutschste abzukürzen. Das Zbl. ᷤ = rem, ꝉ = lim, ꝱ = am (s. Mon. Germ. SS. II Tab. 2. VII. Tab. 7) ist wohl nur ein verschnörkeltes m.

| am fast verbreit anfangs zur weggefallenen Endung z. L. uerꝗ = unus, ꝓ = tur, bleibt aber nur für die Endung um in Rꝗ, am häufigsten Oꝝ = orum. Auch mꝰ = mus hat wohl denselben Ursprung.

᷈ ist ebenfalls in ältester Zeit nur allgemeines Zeichen, und so erscheint es noch spät in qq = que. Es bedeutet aber vorzüglich us. Bᵒ = bus, und ist als ꝰ häufig in der Minuskel, sowohl auch als über der Zeile: oꝰ = ustis. Mit häufiger ist es jedoch am Ende der Wörter. In einer Handschrift saec. XI. fand ich häufig ᷈ ꝫ ꝰ, ganz wie a gestaltet. Es steht auch für pos und post. Bis etwa ins 12. kommt auch zuweilen vor tꝰ f. tes, Bꝰ f. us. Wentz. finde ich mꝰ = mus, bꝰ = bus, und auch qꝰ = que.

Auch wird es durch 1 oder 2 Punkte am Ende bezeichnet: B. bi, Hꝰ häufig aber auch durch:

ȝ, ein Zeichen, welches mit verschiedener Bedeutung zu allen Zeiten vorkommt, vom 11. an aber auch ȝ, ȝ geschrieben wird, z. L. constanȝ = Constantinus. Es steht in dieser Form auch für m, s. oben. Sonst bedeutet es häufig et, b; ü. Oȝ = bet, ts = set (sed), aber auch qȝ = que, q̄ȝ = quaque.

Am Anfang und in der Mitte steht:

Ͻ = con   Schon tironisch ist ꝯ, und kommt auch im Gaius vor, wird aber erst im 13. recht häufig als ꝯ, und verdrängt das Ͻ. In Italien ist schon sehr früh üblich ꝯᵈ = condam = quondam.

In der Mitte und am Ende stehen:

ꝛ = ur, in vielfach verschiedener Form: ꝶ, ꞇ̃, ꞇ̃, ꞇ̃, später ꝲ, tꝛ, ꞇꝛ. Oft fällt nur t davor aus: ꝉ = atur.

ʼ ist allgemeines Zeichen: blʼ = bilis, x̣ = decem, und im spät geschriebenen Virgil der X. im Wien häufig ꞌ für m. In der Regel aber, und gewöhnlich, ist es er, seltener re, wie in bꞌr = breviter.

ꝛ = ri ist wohl aus dem übergeschriebenen i (s. unten) entstanden. Im 15. mannigfalt man diese Zeichen, und jede Form von Zahlen steht für er, re, ri, auch r und e nach r, z. d. ꝛ = ire, à = ar, ꝫ = re, ꝯ = er, mꝛcus = maritus.

ꞇ ist im 15. sehr häufig für is am Ende, z. b. hoꞇ = hominis. opꝭ = operis, oꝭ = onis, fꝉꞇ = falsis.

2. Conventionelle Zeichen für einzelne Wörter.

Vorzüglich aus den tironischen Noten stammen dergleichen Zeichen.

[illegible], [illegible] = autem, erhielt sich besonders bei den Iren und Angelsachsen.

[illegible] = enim, später [illegible], im 15. [illegible]. X. Brauns in den Jahrbüchern des Vereins von Alterthumsfreunden im Rheinland 42, 135 setzt zu dieser Abkürzung, wie zu einem unbekannten Monstrum, ein ?, obgleich es gar nicht selten ist.

∍ = eius, selten, in sehr alten Handschriften und irisch.

= = esse; gewöhnlicher ist [illegible] und [illegible]. Im 15. ist mir [illegible] und [illegible] für esse vorgekommen: [illegible] = essent, [illegible] = in essentia.

[illegible] und ÷, ÷ = est, scot. [illegible], ags. [illegible], im 15. [illegible].

⁊ = et, auch [illegible], auch am Anfang und in der Mitte der Wörter, besonders in älteren Handschriften: b⁊ = bet, [illegible], ⁊enim = etenim, [illegible] = etiam.

ħ = hoc, oft mißbräuchlich [illegible] geschrieben, was eigentlich haec bedeutet.

[illegible] und [illegible] = ut.

3. Von den einzelnen Buchstaben.

ā ist am oder an, alleinstehend aut oder annus; ā. m̄. d. = ann. mens. dies oder diebus. Man findet dafür auch a. und [illegible].

b ist in der Regel ber, auch findet aber bi: urb, neb.

c̄ ist con, steht aber auch für cen und cer. In Nekrologien bedeutet c. oder c̄, conversus, in Calendarien confessor.

d̄ kann für de stehen, wofür im 15. Jahrh. d aufkommt. Am Ende vertritt d̄ die Endungen dit und ud, z. B. rn̄d = respondit (seltener -det); ill̄d = illud, ap̄d = apud, uel̄d = velud (velut). d. oder d̄ allein stehend ist dicit oder dies.

ē ist est; in der Mitte eines Wortes steht ꝰ für em oder en.

ff. = digest. gehört zu den technischen juristischen Abkürzungen.

h, h̄, auch ħ, ist hoc; h̄ haec, und missbräuchlich hoc. Zwischen andern Buchstaben steht h̄ vorzüglich für her, wie in h̄man² = Hermannus

ī ist im, in. Häufig ist .i. für idest z. h bei Herrad von Landsberg ed. Engelhardt tab.8: poetriā ꝉ fabulosa cōmenta, wofür im Text p.32 gelesen ist: poeticam licet fabulosa commenta. Denselben Fehler findet sich p.199 in: Parochianus, Parrochaere licet subiectus. Noch gefährlicher ist die häufige Abkürzung ite für id est, welche natürlich auch idem bedeuten kann, und so gelesen zu werden pflegt, auch wo der Zusammenhang es nicht erlaubt. Diesen Fehler haben schon alte Abschreiber gemacht, s. Mon. Leg. III 480 n. a und c.

ꝃ = Kalend.

ꝉ ist vel, wofür fälschlich et gelesen ist. In Nekrologien bedeutet ꝉ laicus und laica. Am Ende vertritt ꝉ die Endung lis.

m̄ = men, wird auch gesetzt, wo eigentlich mem stehen sollte, wie in m̄bra, dann aber auch ausgeschrieben membra. Auch m̄d⁹ für mundus kommt vor, noch auch m̄ für mer.

N. Nonas, auch nomen, nomine. n̄ = non. Vgl. p.24 über die Abkürzung für enim.

O. und ⊙ ist obiit, nicht wie manche irrthümlich meinen, ein griechisches ⊙ für ϑάνατος.

p̄ am Ende bezeichnet eine leicht zu ergänzende Endung, wie ap̄ = apud, recip̄ = recepit. Abgesehen davon schließt sich an diesen Buchstaben ein System sorgfältig unterschiedener Zeichen, vor deren Vermengung dringend zu warnen ist.

p̄ ist prae, in älterer Zeit auch p̊. Im Cod. Vitae Minori IV mec. XII. ins. p̿, aber auch p̃, was sonst regelmäßig pra bedeutet. p̃ und p̄ ist pra (vgl. d. folg. Zeile)

p̃ ist gewöhnlich per, steht aber auch für par und por; p̃ = persona, wofür sich auch p̊ findet, welches als Wort für sich gegen die Vermengung mit pra gesichert ist.

ꝑ · ꝑ · ꝓ = pro . p̓ = pri (Ags. u. it. auch ꝓ). p̓ = propri.

p⁹ = pus, seltner für pos und post; für dieses findet sich auch pt⁹.

p̓ = pur, nach allgemeiner Regel. p̄p̄ und pp = propter. pp ist auch regelmäßige Abkürzung für papa durch alle Casus, welche nicht bezeichnet werden. Durch Unkenntniß dieser Abkürzungen hat Eastlake einen schönen Kunstgriff erfunden, indem er pꝰ. Pis. anstatt Paris. las, fügte aber glücklicher Weise wie Facsimile bei.

q ist ein Buchstabe, dessen Verbindungen von noch größerer Mannigfaltigkeit und Wichtigkeit sind.

q̄, q̂ ist qua ; q̄, q̄ᵐ, q̄ᵖ - quam ; q̄ - quem.

q̄ steht in alten Handschriften, wie auch q, in verschiedener Bedeutung, namentlich in Handschriften der Volksrechte für quis, aber nach Ausbildung der festen Systeme nur für quae; auch findet sich q̄, q̂, q̂, q̄, und nachdem man allgemein que schrieb, brauchte man diese Abkürzung auch z. B. in neq̄o = neques. Dagegen wird die Conjunction que unterschieden als q.

q·, q¹, q³, q⁰, q⁰, q̄.

q︢ und q̂ ist qui , q̂ quid.

qᵃ ist quia , schon im Gaius qꝛ , in Fragm. Vat. qc .

q, qᵈ, q̇ᵈ, q̇ ist quod , in Majuskel Qꝺ . qᵈ vor Namen Verstorbener heißt aber auch quondam; in ital. Urkunden häufig q̄ = condam.

q̄ᵐ , quoniam, pflegt von modernen Herausgebern quum gelesen zu werden, was mittelalterlich gar nicht existirt, und daher immer zu emendiren ist, z. B. bei Hoffmann von Fallersleben, Altd. Handschriften der Wiener Hofbibl. p. 121: O scriptor cessa quum manus est tibi fessa, wo schon das Metrum auf die richtige Lesung führt.   q̄ᵗ = quatenus (1443).

q̄ⁿ , auch qᵈᵒ ist quando , q̂ - quo , q̇₃ , q̇₃ - quoque .

q̄ͦ kann quando, quoniam, quomodo bedeuten; man muß da die Gewohnheit
des einzelnen Schreibers beobachten.

r̄ steht am Ende für -runt. Im Cod. Salem. 9, 15 steht r̄r̄ und ūr̄ für rerum.

s̄, ſ̄, s., ſ. = sanct und sive. ſ̄ und s̄ sind auch häufig = sunt, ſ. = scilicet,
und auch wohl ſ. ſ̄ ist gewöhnlich ser, doch ist es eine allgemeine Abkürzung, und merkt auch die Endung es; besonders häufig im 15: ſ̄; in mit-
teldeutschen Urkunden vag = vorserven. ſ̄ſ̄ = suprascript. ſ̄ſ̄u̅-ta (846)

t̄ = ten, tem, ter.

ū = um, un, ven, ver; ſū = sive. Seltener steht ū für vel, oder,
statt ū, für ut.

4. Abkürzungen durch Anfangsbuchstaben.

Sehr häufig setzte man statt der figinamen nur die Anfangsbuchstaben, und das forderte im 13. Jahrh. von Augustinern von Briefen und Urkunden die Höflichkeit, ſ. Mag. Ludolfi Summa dictaminum ed. Rockinger,
Quellen z. bayr. Gesch. ix, 363 vgl. p. 463. War die Schreiben nicht an die
Person, sondern an das Amt gerichtet, so wurde es nach dem 12. Jahrh. üblich, statt des Namens 2 Punkte zu setzen, was auch sonst sehr allgemein gebräuchlich wurde; man schrieb z. b. .. cives talis oppidi. Vgl. darüber

die Summa Guidonis Fabae a. a. O. p. 198 n. 2, und Conr. de Mure p. 463.
Es ist ein grober Fehler, statt dessen 3 oder mehr Punkte zu setzen, was eine
Lücke der Handschrift oder ihrer Vorlage vermuthen läßt.

Einzelne Buchstaben, welche für kleine Wörter stehen, sind p. 3 angeführt; verschieden davon ist die Bezeichnung bekannter Formeln durch die
Anfangsbuchstaben, häufig bei den alten Juristen, in den päpstlichen
Regesten und andern Urkundenformeln und Abschriften, auch bei Schrift-
stellern für bekannte Bibelsprüche.

5. Uebereinandergeschriebene Buchstaben.

Steht ein Buchstabe über dem andern, so ist (abweichend vom Griechischen)
zwischen beiden etwas zu ergänzen.

a hat häufig die karolingisch-cursive Form u, übergehend in ɑ, ᴧ, doch
auch ᴑ; z. B. g̃ = gra, t̃ = tra, aber im Cod. Salem. 9, 15 häufig t̃ = tua.
c̃ und q̃ = contra; q̃ = qua. Später werden die Verkürzungen stärker, z. B.
õ̃ = omnia, r̃a = regula (wo das ~ wohl nicht mehr als ursprünglich u vor-
standen ist), lũ = lunam, p̃ = personaliter (vgl. p. 26). dp̃utor = depu-
tatorum, fõ = forma. Weil am häufigsten r zu ergänzen ist, dient das
aus u entstandene Zeichen im 15. auch für r, besonders nach a, ſ oder p. 23.

e verhält sich ähnlich wie a, z. b. c̄ tre q̄ = que

i steht überg geschrieben auch häufig für ri, aber à ā ist ali. aeqb aliquibus, ja
doch steht auch ā für aut; ĩ = ibi, m̃ = michi, n̄ = nec, q̇ = qui, s̄ = sibi, t̃ = tibi
ũ = ubi, x̃ = Christi. Man findet aber auch v̇ = vir v̄te.

o für ro z. b. in c̄ = cro, aber m̊ = modo und monachus ũ und v̊ = vero und
quinto; u̇ kann aber auch recundo bedeuten.

u kommt seltener so vor, doch findet sich q̊ und g̊ für gra = .f.o.

Auch Konsonanten werden übergeschrieben, wo vor ihnen ein Vocal leicht
zu ergänzen ist, z. b. n̄ = nec, p̄ = per. t merkt häufig die endung it, z. b.
ū = vit, n̄ = nit. p̄ = poterit.

Einer anderer Art sind g̊ igitur, und g̊ ergo, welche schon von den alten
Schreibern sehr oft verwechselt sind; und g̊ = erga.

6. Auslassungen in der Mitte.

a) ein einzelner Vocal bleibt weg.

a nur selten: t̄s = tali, föd = facit (spät).

e häufig, z. b. b̄n = ben (auch bene), angt̄s = angeli, t̄n = ten (allein stehend
tamen); ūt = vel, wofür Herausgeber (sogar J. J. behauet) häufig ut lesen.

i z. b. in der endung bilis: b̄lis; sehr häufig in der endung tio : t̄o, auch
mit stärkerer Verkürzung, besonders in späterer Zeit : c̄ōi = cioni.

u in mtu = multi, aꝑ = apud, simt = simul, cli = culi in der häufigen Endung
culum. Auch das Uebergehen eines solchen Abkürzungsstriches ist es wohl zurückzuführen,
wenn wir in dem Verkauf d. Schild. 1868 p. 8 den Wort lesen: Urbis et Herbi-
polis, Michael, speculum speciale.

b) Ein Consonant wird ausgelassen,

gewöhnlich m oder n : ān⁹ = annus, tēpe = tempore, oder beide, wie in ōis = omnis.
Nicht leicht wird ein m oder n zwischen 2 Vocalen so behandelt worden, most aber
s: īpe = ipse, pꝃco = posicio, cāa = causa, doch aus Ursachen des etwas verschiedenen
ipse, nicht leicht in älterer Zeit. Thäe ist auch mꝗ = modis üblich u. a. m.

c) Nur der erste und letzte Buchstabe worden gesetzt, allein oder
mit einem oder mehreren aus der Mitte, z. B. cā, cā = causa, wofür alte Abschreiber tam gesetzt haben, rō = ratio, q̄ō = quaestio, dc = deus, Gen. dī, oft verwechselt
mit dñs, dominus, dñi; ēē und ĕĕ = esse, p̄r = pater, m̄r = mater und martyr,
fr̄ = frater, ñr = noster, ūr = vester, iō = ideo, ūo = vero, hō = homo, ñc = nunc,
t̄c = tunc, ōe = omne, s̄r = super, s̄ = sunt, t̄n = tamen, t̄m = tantum, allein
nach dem älteren System ist t̄m tamen, und das kommt auch in jüngeren Handschriften noch zuweilen vor. Wo n und u ähnlich geworden sind, kann t̄n tum
statt tamen gelesen werden, wie bei L. Bügler, Bürin p. 15. c. 23. l. 17.
tr ist die Endung liter. Statt des letzten Buchstaben kann auch ein Abkürzung stehen. c⁹ = eius, c⁹ = cuius, h⁹ = huius, aber hꝰ ist unregelmäßig huiusmodi.

ɔ̃ = igitur, ꝯȝ = videlicet, oȝ = oportet. Unter tħs xꝓs u. a. s. oben bei den Uncialschrift. ēpc bleibt in älterer Zeit meist unflectirt; häufiger ist ēpo, ēꝑa, ēpo,
ēpm. ħpc und ꝓpc würden schon verweist; ich fand sogar einmal im 15. Jahrh. omꝓs für
omnipotens. ſpſ kann spiritus und species heißen, ſpāt spiritualis und specialis;
ſpuāt ist seltener. dns wird immer durch das n von d̄s (deus) unterschieden; im früheren Mittelalter ist als Titel domnus gebräuchlich, welches sorgfältige Schreiber also
dōn unterscheiden. iꝑr = imperator, pͬbr (älter pͬb) presbyter. habere als säu-
figst; leicht zu ergänzende Hülfsworte, wird stark abgekürzt, hͬr u. s. w. ꝏa ist miseri-
cordia und miseria, durch den Zusammenhang leicht zu erkennen. gͬa gratia, gͭa
gloria. d̄r dicitur, d̄r dicuntur, d̄c dictus. fͨa facta. ꝓpm perpetuum, am
Eingang päbstlicher Privilegien ꝒꝒ﬩. t̃ndar habundat. eccͭa ecclesia, eꝑta
epistola; pͭia penitentia, ꝏa sententia, dͭto dilectio, ſc̃m saeculum. ond̄ =
ostendit, rn̄d̄ respondet, ꝯtͬr contrahitur, q̄n̄s consequens, pͬſ praesens, pͭr =
plures. d̄d̄ = dictandi, d̄d̄ David. ſȝ scilicet. ſc̃m secundum; dafür aber fand
ich im Cod. Salem. IX⁰ von 1494 ſc̃a (was sonst sanctum heißt) ﬩m, ﬩ und ꟊ.
   Diese Beispiele mögen genügen, um das sehr einfache System zu zeigen, welches
in den meisten Fällen kaum einem Zweifel Raum läßt. Im 15. Jahrh. wurde
es üblich, ein kleines Häkchen oben zu setzen, zum Zeichen daß darauf etwas zu ergänzen sei, z. B. amā = amavit, was oft vorkommt oder übersehen wird. So auch
n̄ = nulla, ꝓ = prout, ui̊ = videlicet (während ꝯȝ für valet vorkommt), t̃ .

legitur, ꝟ velud, - ñt ꞓtes, ꝟ illud, iᵈ cites. In scholastischen, kanonistischen u.a. Werken sind die Abkürzungen oft vorkommender Worte sehr stark, wie ꝓ² = probatur, ꝶꝶ respondetur, ꝓ₃ patet, und conventionell aͤ maior, bͤ minor; sie gehen aber auch über die Worte hinaus: bᵒʳ⁺¹ = minor probatur, vᵗ ut patet, sᵗⁱᵃ verbi gratia, ꝗ quod sic, 2ᵉ et sic, 2ᵘᵘ et sic de aliis.

7. Auslassung der Endung.

Das geschieht im Mittelalter nur, wo sie leicht mit Sicherheit zu ergänzen ist, z. B. marī (nach griechischer Sitte) für incarnationis: ān = ante, ūn = unde, cāp = caput, aꝑ = apud, āū und aūt = autem, m̄ = inde, it = item, itm = item und iterum, letztere abusive und Zweifel veranlassend; ī = inter, sic sicut, und die Endungen ꝯ etsi durch alle Casus, r̄ = runt, ū = vit: das kann aber auch uensis bedeuten, wie in uīaū, wofür irrthümlich Iuvavum gelesen ist.

Schon alte Abschreiber haben durch falsche Auflösung der Abkürzungen große Verwirrung gemacht, so daß man durch Rückschluß die richtige Lesung finden muß, s. z. B. über Uncialschrift Mommsen zum Mur. Livius p 162, für spätere Zeit Cod. dipl. Silesiae V p. X. Ein Schreiber bekennt mit solcher Offenheit: Multum male scripsi, quia multum bene bibi, aber oft sind gerade die kalligraphisch ausgezeichnetsten die fehlerhaftesten. Sehr viele Handschriften, und durchgehend die Urkunden, sind aber fast ganz

fehlerfrei, und es kommt nur darauf an, sie richtig zu lesen. Man darf nicht
etwa glauben, daß etwas um so ächter mittelalterlich sei, je unverständiger und
sinnwidriger es aussieht; auch nicht, daß die Abkürzungen nach Laune und Willkür gesetzt sind. Sie beruhen auf ganz bestimmten Ueberlieferungen und Regeln, und
müssen auch diesen gemäß gelöst werden. Im Falle des Zweifels ist es immer rathsam, in
Walther's Lex. Dipl. nachzusehen. Eine Auflösung, zu welcher die vorhandenen Elemente nicht gehören, ist sicher, eine sinnlose wahrscheinlich falsch, und in den meisten Fällen
wird eine sorgfältige Exposition des Sinnes auf die Spur des Fehlers führen. So ist z. B.
in der Zeitschrift des Vereins für Geschichte Schlesiens 9, 106 parmas prope thartschen,
tela prope pfile, unverständlich, und eine Revision würde ergeben, daß über dem p
noch ein Strich steht, und also proprie (auf deutsch) zu lesen ist. Dagegen hat Hauréau durch Unkenntniß mittelalterlicher Orthographie gefehlt, wenn er (Singularités p. 195) wiederholt setzt in quid, und gegen Sinn und Grammatik übersetzt en
quelque chose, wo ganz einfach inquit gemeint war. Wenn aber (Abhandl. d. Schlesischen Ges. 1867 p. 4) in e. Urkunde unterzeichnet sein soll von J. von Neuhaus, S. R. M. Bohemiae
Cari Marini, so wollen wir gern glauben, daß der Leser des Attentats begangen
hat, den Cancellarius in einen Verehrter zu verwandeln. Leider befinden wir
uns hier zwischen Scylla und Charybdis, denn es ist noch gefährlicher, einen incorporirten Herausgeber zu vermeintlichen Emendationen zu verleiten, als einem bewußtlosen Abdruck dessen, was er zu sehen glaubt, hinzunehmen.

Wortordnung.

In Vol. Hercul. ist nach jedem Wort ein Punkt, wie in Inschriften, vgl. Suet.
V. Aug. c.87: non dividit verba. Die Präpositionen aber sind mit ihrem Nomen
verbunden, was auch später in der Regel geschieht, wenigstens bei den kleineren
a, ab, ad, ex, in, pro, de etc. und ebenso auch häufig bei at, ne, et ü. a. m. Vgl. oben
p.25 über idest. Auch in Lat. Handschriften des Virgil finden sich die Punkte, doch
aber kein regelmäßig durchgeführte Worttrennung bis ins 9. und unvollkommen
bleibt sie in manchen Handschriften bis ins 11. In Abschriften sind dann oft die Worte
unrichtig verbunden und zerrissen, was zuweilen durch Zeichen später berichtigt
ist, nach Pertz im Archiv 4, 522 saec. IX durch + über der Stelle, wo zwei Worte unrichtig
verbunden waren, später (Archiv 2, 152) ἀπαρίθμησε , δόμη… Häufig ist in sehr
alten Handschriften, wenn zwei Wörter mit gleichem Consonant zusammenstoßen,
daß derselbe nur einmal gesetzt wird, z. B. hocaput statt hoc caput,
Das hat zu vielen Fehlern Veranlassung gegeben.

Ueber die alten Regeln der Wortordnung vor ihrer Veränderung durch die
späteren Grammatiker, handelt sehr eingehend M. Mommsen: T. Livii ab
U.C. lib. II-VI quae supersunt in codice rescripto Veronensi. Abhandl. der Berliner
Akademie (1868) p. 163-166. Bindestriche finden sich in ältester Zeit nicht; doch
führt Pertz (Archiv 5, 72) aus dem Codex saec. VI. der Gesta Pontificum an: domi-
nico, cereos:-tata, au:-reas, selbst zwischen Hauptwort und Adjectiv: epistulia:-

marmorea. Ein Strich am Ende der Zeile kommt bis ins 11. Jahrhundert nur sehr selten vor, dann häufiger, und besonders im 12. auch am Anfang: zu -rem. Doppelstriche finden sich einzeln im 14. mehr im 15. Jahrhundert.

Interpunction.

Die ältesten Handschriften haben gar keine; nur Hauptabschnitte werden durch Γ (Paragraphus) bezeichnet, wie im Fragm. Liv. ed. Pertz: ⌐ ⌐ ; setzt doch einen größeren Buchstaben am Anfang der Zeile, in deren Mitte der nicht bezeichnete Einschnitt sich befindet. Das hat schon der Abschreiber des Veroneser Gaius nicht mehr verstanden, und mit diesem großen Buchstaben seiner Vorlage neue Ab- sätze begonnen, wenn sie auch mitten im Worte stehen. Isidor Origg. I. 21 sagt : Paragraphus ⌐ ⌐ ponitur ad separandas res a rebus etc. Die Zeichen sind natür- lich in den Handschriften verschieden: ⌐, Γ. In Gregorii Pastorale aus Merdun saec. IX. ex. in Berlin, Cod. theol. lat. fol. 362 findet sich als Quater- nionenbezeichnung (daher das x) das unterstehende Zeichen, und ebenso am Anfang der Capitel. Westgothisch saec. IX. findet sich Γ, setzt ⌐, Γ, Γ, Γ, Γ, in der Regel mit rother Farbe aus- gezeichnet. Im Gaius findet sich ℞, in den florentiner Pandecten ℞, noch Rubrica bedeutend. Außerdem findet sich schon im 9. Jahrhundert

37.

K für Kapitulum; häufig werden die Kapitel durch Zahlen und Überschrif-
ten, oft auch nur durch größere Initialen bezeichnet.

Jüngere Uncialhandschriften haben allerhand Interpunctionen, doch ohne aus-
gebildetes System. Die Grammatiker unterscheiden das griechische System der
drei Punkte: distinctio finalis = τελεία, media = μέση, subdistinctio = ὑπο-
στιγμή Donat. de posituris, bei Keil IV, 372. Diomedes l. II p. 432, bei Keil I, 437.
Isidor unterscheidet dasselbe, anknüpfend an die Namen der Satzglieder: peri-
odus, colon, comma.   Cassiodorius Institut. div. lect. I sagt: Sed ut his
omnibus addere videaris ornatum, posituras, quas Graeci θέσεις vocant
id est puncta brevissima pariter et rotunda et planissima singulis
quibusque pone capitibus, praeter translationem S. Hieronymi, quae
colis et commatibus ornata consistit. Das ist die Schreibart per cola et
commata, wo jedes Satzglied eine Zeile für sich hat; so ist der einzig erhaltene
Rest kais. Kanzleischrift geschrieben, so im 9. Jahrhundert, doch gewiss nach alter
Vorlage, der Cod. Reg. 6332 der Tusculanen, s. Cic. Opera ed. Orelli, ed. I. IV, 207.
Rieffe.s kl. Schriften I, 89 vgl. 95. Die biblischen Schriften in dieser Schreib-
weise, theils allein, theils dem griechischen text gegenüber, sind in einer Anzahl
von Handschriften erhalten. Ueber die eigenthümlichen Zeichen Cassiodor's
in seinem Commentar zu den Psalmen s. Reifferscheid, in den Sitzungsbericht
der Wiener Akademie 56. 507.

Im Minuskel konnte man natürlich mit höheren und niedrigen gestellten Punkten nicht auskommen. Schon im 7. Jahrh. findet sich das System (aufstei-
gend): · ; " , in irischen Handschriften nach S. Gallen . ·,, ·· Dagegen
bildete sich in der karolingischen Schule das System aus · ! · ˛ (oder ˛). s.
Alcuini ep. 85. Summa Ludolfi ed. Rockinger, Quellen z. bayer. Gesch. IX, 369.
Summa Conradi de Mure, ib. p. 443. Von diesem Zeichen ist ! nur wenig stärker
als unser Komma, und · nicht ganz so stark wie unser Kolon.

Dazu kommt das Fragezeichen ? · ~ , im Lgb. steht auch über dem Wort,
mit welchem die Frage beginnt (wie jetzt im Spanischen) ein ~, s. Mon. Germ.
SS. VII. Tab. 3. Dümmler, Auxilius u. Vulgarius p. 52.

Ausführlich handelt über die Interpunctionen, mit Berufung auf Isidor, R. Baco,
Opus tertium p. 248 ff. Vgl. auch Parke im Archiv IV, 521.

Aufhörungszeichen finden sich hin und wieder, so in Gregor's Moralien in Berlin,
Cod. Theol. Lat. fol. 354 in vorkarolingischer Minuskel, im Bonses saec XII, in einer
altirischen Evangelienhandschrift ÷ vor jeder Zeile, usw.

Einfache Striche (/ kommen zuweilen vor, und werden vom 13. an häufiger.
Klammern ( ) sind im 15. häufig.

Umstellungen wurden durch verschiedene Zeichen ausgedrückt; so im
Gaius: pepeg. homo = homo peregrinus. Sonst ˇus ˇeo = eo ad, oder durch über-
gesetzte Buchstaben.

Einschaltungen und Scholien werden durch Buchstaben und durch allerhand vielförmige Zeichen an ihren Platz gewiesen; so auch Correcturen am Rande und Varianten.

Getilgt werden Buchstaben und Wörter durch Ausstreichen: COTS ^{VM}, durch kleine Striche oben SUT, que, durch Punkte über den Buchstaben, s. Jaffé zum Cosmas mariid, in Haupt's Zeitschrift XIII, 499 Anm. Am häufigsten durch Punkte unter in, oder beide, ant = as, oder durch Unterstreichen. Werden solche in der Handschrift unterstrichenen Stellen durchstochen gedruckt, wie im Archiv f. D. Altern Gesch. Quellen I p. 14. 16. so wird dadurch der Leser irregeführt.

Viele Handschriften sind ganz nachlässig interpungirt, und mit sehr willkürlich gesetzten Punkten; doch ist zur Zeit der ausgebildeten festen Minuskel die der Regel sehr sorgfältig, oft vom Verfasser oder Corrector revidirt oder erst zugefügt. Als Wilhelm von Hirschau bis 1100. 81. die Handschriften der Klosterbibliothek corrigirte, et ad antiquitatis regulam per distinctiones, subdistinctiones et plenas distinctiones emendando perducere. V. Theogeri e. g. Mon. Germ. SS. XII, 451. Nach dem 13. wird die Interpunction nachlässiger, beschränkt sich auf Commata (/) und Punkte, oder fehlt auch wohl ganz. Die Humanisten haben dann, wie die ganze Schrift, so auch die Interpunction repairirt, und Tractate darüber geschrieben.

Accente zur Anleitung des Lesers finden sich schon im 9. Jahrhundert, vorzüglich häufig in Büchern, welche zum Vorlesen bestimmt waren, wie die Legendarien, ' und ˡ. Namentlich wird auch die mit dem Hauptwort zusammengeschriebene Präposition a so bezeichnet, z. B. ā́deo für a deo.

Zahlen.

Die römischen Zahlzeichen sind in der Regel von Punkten eingeschlossen und dadurch als solche bezeichnet. In merowingischen Handschriften überragt oft einer der übrigen, besonders das letzte, auch werden sie über einander verbunden : ЦІЦ = 9. ЦПІ = 54. ІІ = 2. Später finden sich häufig zwei Einer zu ꝛc verbunden. DcccxLuu = 844. Der letzte Strich wird sehr oft unter die Zeile verlängert ·vıȷ. Die Endung wird häufig übergeschrieben: ü secundo, von vero und quinto nicht zu unterscheiden ; ᵘiȷ. ⁱⁱtg. ⁱⁱᵗtg. aȷ. ꝯ. ꝓuiiȷ. ıȷ. aꝯ. ꝙuiiȷ. iiiȷ^xx = quatre-vingts in französischen Urkunden.

für 5 kommt bis ins 9. häufig ꝛ. v vor, später seltener, doch hat ein Engländer Cod. saec. XI. immer ꝡ für V als Zahl, und Rumpf in französ. Ion. Morgan 1868 p. + weist ꝛ für 5 in einem Cod. saec. XI. nach:

Auffallend ist merowingisch für 6: Ч, Ч, vielleicht aus dem Griechischen ; Westgothisch ꝏ ; in einer ital. Handschrift saec. VIII: Ч. es ist also eine spätrömische Sitte, welche später minder verschwindet.

Wie die Zahlbuchstaben überhaupt die gewöhnlichen Veränderungen theilen, so erscheint z. B. für 500 neben D auch ꝺ, ꝺ, ꝺ.

In den Ann. Sangall. von 956 sind die griechischen Zahlzeichen ⳁ, ⲱ, ϡ angewandt für 700, 800, 900. Das Sampi erklärt sich aus der älteren griechischen Form ⲙ.

Tausend ist im 7. Jahrh. ∞, sonst M, ⊙, ⊙ etc. Oft aber auch I̅, I̅I̅. für ½ kommt im 9. vor S (semis) LXXS = 62½. Sonst ⌐, Ɔ. ꝺ, ꝛ, iïj = 24, iïj[c] = andrthalbhundert, wie denn auch sonst Hunderte durch übergeschriebenes C bezeichnet werden. In der Zallischen Lesentafel von 1656: X = 9½, Xꝺ = 14½, XX und XX = 19½.

Ziffern.

Darüber handelt ausführlich M. Cantor: Mathematische Beiträge zum Kulturleben der Völker, Halle 1863. Vgl. Th. Henri Martin, Les signes numéraux et l'arithmétique chez les peuples de l'antiquité et du moyen-âge. Examen de l'ouvrage etc. de M. Cantor. Rome 1864. 4. Darin ist p. 40 eine Untersuchung über das System des Plinius, grosse Zahlen auszudrücken. — Früheren Irrthümern und falschen Behauptungen gegenüber hat Cantor nachgewiesen, daß das angeblich frühe Vorkommen der Ziffern theils auf falschen Nachrichten beruht, theils auf Verwechslung mit den Zahlzeichen des Boethius, wenn die Zaubefache, die O.

fehle, und deren formen ganz verschieden sind. Auch die von Bethmann im Archiv 9, 623 verzeichnete Stelle enthält nach freundlicher Mittheilung von Prof. Dümmler nur bonische Zeichen.

Im Anfang des 9. Jahrhunderts lebte in Bagdad Mohammed ben Musa aus Kharizm, der für den Califen Al Mamun eine Arithmetik verfaßte, in welcher er die Lehren der Inder entwickelte, und den Gebrauch der 0, arabisch Zifra genannt, einführte. Von seiner Heimath hieß er Alkharezmi, und davon wurde sein Werk im Abendland, wo es im Anfang des 12. Jahrh. durch Uebersetzung bekannt wurde, Algorismus genannt. Fruchtbar für die Wissenschaft wurde das Dezimalsystem aber erst durch die Schriften des Leonardo Fibonacci aus Pisa, von 1202 an, der als Kind bei seinem Vater, pisanischem Douanier zu Bugia, mit den indisch-arabischen Lehren bekannt geworden war. Gebraucht finden sich jedoch die Ziffern schon durchgängig bei den Computisten von 1143 im Wiener Cod. 275 (Th. Sickel in den Sitzungsberichten der Wiener Akad. in Phil. hist. Cl. 38, 171) und in einer Regensburger Annalenhandschrift von Ende des 6. Jahrhunderts, wo sie häufig mit römischen Zahlen wechseln, s. Boehmer. Fontes Rer. Germ. III p. LXV. Mon. Germ. SS. XVII. Tab. 2 ad p. 184. Von da an findet man sie hier und da gebraucht, häufiger jedoch nur in mathematischen Werken; erst im 15. wird der Gebrauch allgemeiner. Den florentiner Geldwechslern wurde

1299 die Anwendung derselben verboten: Archivio storico, App. 3, 528.

Die Formen sind sehr schwankend; ich stelle einige zusammen aus einer Rechen-
tafel Wat. Handschrift saec. XI. nach Arrio V, 160 u. Taf. 5, 4, ferner der vorzüglichen
Regensburger, jetzt Münchener (R), einer Heidelberger H aus Salem, IX, 23, vgl.
Cantor, Zeitschr. f. Math. u. Physik X, 1 (H), von c.a. 1200, einer Figurentafel von
1303, vgl. Aug. d. German. Mus. 1867 p. 239 (S), und der Berliner Hs. Lat. fol. 322 vom
Ende des 14. Jahrhunderts (B).

		K.	S.	B.
3	R.1.	K.1.	S.1.	B.1.
0	R.2.,?.2.	K.3.?	S.?,?,2,2.	B.2.
3	R.?=?,?.10+30.	K.3.3.	S.3.3.	B.3.
R	R.?,?.?	-?R.	S.R.R.	B.R.
q	R.4,4.	K.q.	S.q.4.	B.q.
6	R.6.	K.6.	S.6.	B.6.
A	R.7.A.	K.A.	S.?.?.	B.A.
8	R.8.	K.8.	S.8.8.	B.8.
9	R.9.	K.9.9.	S.9.9.	B.9.
0	R.0.	K.0.	S.0.0.	B.0.

Sehr abweichende Formen hat z. B. die Berliner Hs. Lat. in fol. 307 astronomischen
Inhalts. Allerlei Beispiele aus Inschriften und Siegeln im Anzeiger des German.
Museums 1861 S. 46 ff. 1863 S. 324. In der ib. 1867 S. 161 beschriebenen Handschrift

auß Palaeo vom Ende des 15. Jahrhunderts sehen wir den Wechsel der formen, die
Schreiber und Miniator verschieden brauchten und über einander geschrieben ist:
1392 und 1394.   Cod. Sal. IX, c und d in Heidelberg.
·1·4·9·4·   ·1895.

Explicit. expliciat. ludere scriptor eat.

Inhaltsverzeichniß.